POLLYANNA

POLLYANNA

ELEANOR H. PORTER

TRADUÇÃO
LUIZ FERNANDO MARTINS

PREFÁCIO

O otimismo contagioso de Pollyanna

Pollyanna muda a todos com seu otimismo — propõe mudanças e as executa; tem um otimismo que é seu, orgânico, natural; que apenas foi-lhe treinado e, assim, se potencializou. Pollyanna, às vezes, é até inalcançável; pois ela é leve, ela não sofre, já que vive a olhar o lado bom das coisas — é uma alma mais estável, talvez. Há de se crer que sim, ela foi treinada por seu pai, um otimista de alma, que passou sua maior sabedoria para a filha antes de deixar o mundo: ser positivo para enfrentar a trajetória e a caminhada da existência. Fato é que Polly se tornou uma otimista incurável, que não aceita justificativa para a tristeza e empenha-se em ajudar quem lhe cerca a enxergar a superação dos obstáculos da vida.

Mas, como todos, Pollyanna tem altos e baixos, um exemplo de que ela também se muda, aprende caminhos em outras perspectivas, mas sempre se fortalece e sobrepõe a vida com sua positividade, suficientemente capaz de lhe proporcionar uma felicidade esfuziante. A cada capítulo da vida desta doce menina, interiorizamos um aprendizado glorioso: o fato de que se valorizarmos mais o lado bom das coisas seremos felizes e sofreremos menos.

Resignação é uma palavra oportuna quando se cita Pollyanna, já que a primeira regra de um otimista é a aceitação da vida, aceitação dos fatos e eventos que se sucedem na jornada de todos os mortais. Acreditar que aquilo que vem é o que se tem, e que não precisa de mais, não precisa de revoltas — simplesmente aceitar os desígnios da laboriosa vida. Polly nos faz entender também que quanto menos necessidades temos, mais alegres e, principalmente, mais livres estamos.

Pollyanna Whittier é uma jovem que se torna órfã e vai morar com sua única tia ainda viva em Vermont, um estado americano pouco habitado, voltado para as atividades rurais. Nessa nova moradia, Pollyana leva o que herdou de seu pai: a filosofia do "jogo do contente", que consiste, basicamente, em sempre ver o lado bom das coisas, não importando a situação. Com uma personalidade radiante e um estado de espírito sincero, Pollyanna contagia a todos na cidade, mas sua tia é um caso a parte e demora a aceitar o jeito da cativante menina. Polly acaba ensinando o "jogo do contente" para as pessoas da cidade e o usa com mais confiança nas situações mais difíceis de sua vida.

Pollyanna foi publicado em 1913 e fez imenso sucesso entre crianças e jovens. A escritora Eleanor H. Porter foi capaz de traçar um ensinamento valioso através de uma personagem construída por laços amáveis e de atitudes maduras. A história de Pollyana é, sem dúvida, mais uma história de superação — uma jornada de uma pequena heroína que tem uma arma poderosíssima: o altruísmo. A cada página virada dessa obra, sentimos que estamos mais corajosos e preparados para enfrentar o dia a dia. Pollyanna nos traz vida; leva perspectiva para quem não tem confiança; e nos enche de orgulho com seu poder de superação. Para ler *Pollyanna* basta estar de coração aberto, acreditar na vida e nas pessoas; e adentrar em uma narrativa leve e envolvente.

POLLYANNA

1. Miss Polly

Miss Polly Harrington entrou rapidamente em sua cozinha naquela manhã de junho. Ela não costumava ter pressa e orgulhava-se especialmente de seus modos comedidos. Porém, naquela manhã, apressava-se de verdade.

Nancy, lavando pratos na pia, ergueu os olhos, surpresa. Nancy trabalhava na cozinha de Miss Polly havia apenas dois meses, mas já sabia que a patroa jamais se apressava.

— Nancy!

— Sim, senhora? — respondeu Nancy alegremente, continuando a esfregar a jarra em sua mão.

— Nancy — a voz de Miss Polly assumiu um tom severo —, quando eu estiver falando com você, espero que pare seu trabalho e preste atenção no que tenho a dizer.

Nancy corou, envergonhada. Baixou imediatamente a jarra, ainda envolta no pano, apoiando-a de lado na bancada.

— Sim, senhora. Pois não, senhora — gaguejou ela, endireitando a jarra e voltando-se afobada. — Eu só estava adiantando meu trabalho, porque a senhora me disse para terminar logo os pratos hoje de manhã.

A patroa franziu a sobrancelha.

— Está certo, Nancy. Não pedi explicações. Pedi sua atenção.

— Sim, senhora — respondeu Nancy, contendo a custo um suspiro.

Imaginou se haveria alguma forma de agradar àquela mulher. Nancy nunca trabalhara fora antes; porém uma mãe doente, repentinamente viúva, e três irmãos mais novos, além dela mesma, haviam-na forçado a trabalhar para ajudar no sustento; ficara contente ao encontrar um lugar na cozinha da grande casa na colina... Nancy vinha da pequena fazenda "Corners", a dez quilômetros de distância, e conhecia Miss Polly Harrington como a dona da velha mansão Harrington e uma das moradoras mais ricas da cidade. Isso sucedera dois meses antes. Agora, sabia que Miss Polly era uma mulher severa, de rosto grave, que franzia o cenho se uma faca caísse no assoalho ou se uma porta batesse, porém jamais sorria quando as facas e portas permaneciam em seus lugares.

— Quando terminar o trabalho da manhã pode limpar o quarto pequeno no alto das escadas, no sótão, e faça a cama. Varra o quarto e limpe, obviamente depois que retirar os baús e as caixas.

— Sim, senhora. E onde devo colocar as coisas que retirar?

— No sótão da frente — respondeu Miss Polly, depois de hesitar por um instante. Depois continuou: — Acredito que agora já posso contar para você, Nancy. Minha sobrinha, Miss Pollyanna Whittier, vem morar comigo. Tem onze anos de idade e irá dormir nesse quarto.

— Uma menina... vindo para cá, Miss Harrington? Que bom vai ser! — exclamou Nancy, pensando em como as suas irmãs alegravam sua casa, nos "Corners".

— Bom? Bem, essa não é exatamente a palavra que eu usaria... — observou Miss Polly, empertigada. — Naturalmente, pretendo fazer o melhor possível nessa situação. Sou uma boa mulher, espero, e conheço meus deveres.

Nancy corou fortemente.

— Sim, senhora, só achei que uma menina poderia... bem, alegrar as coisas... para a senhora — hesitou ela.

— Obrigada — respondeu Miss Polly com frieza. — Não posso dizer, entretanto, que veja uma necessidade imediata nisso.

— Mas, naturalmente, a senhora... iria querer ficar com ela, a filha de sua irmã — disse Nancy, sentindo que de alguma forma precisaria preparar a acolhida da pequena e solitária estranha.

Miss Polly ergueu o queixo altivamente.

— Bem, Nancy, só porque o acaso me deu uma irmã que foi tola o suficiente para se casar e trazer uma criança desnecessária a um mundo que já está repleto, não vejo por que *deveria querer* tomar conta dela eu mesma. Entretanto, como disse antes, conheço meus deveres. Limpe bem os cantos, Nancy — finalizou ela com voz seca, saindo do aposento.

— Sim, senhora — suspirou Nancy, retornando à lavagem do jarro.

Em seu quarto, Miss Polly apanhou mais uma vez a carta que recebera dois dias antes da longínqua cidade no Oeste e que lhe causara tão desagradável surpresa. A carta estava endereçada a "Miss Polly Harrington, Beldingsville, Vermont" e nela lia-se o seguinte:

Cara senhora,
Lamento informar que o reverendo John Whittier morreu há duas semanas, deixando uma filha, uma menina de onze anos de idade, e alguns livros. Como sem dúvida deve saber, era pastor da nossa igrejinha, e tinha um salário bastante reduzido.

Sei que era o marido de sua falecida irmã, mas ele me deu a entender que as duas famílias estavam de relações cortadas. Ele pensou, entretanto, que por respeito à memória de sua irmã, a senhora poderia aceitar a menina e criá-la no Leste. Eis o motivo de minha carta.

A menina está pronta para viajar a qualquer momento e, se a aceitar, apreciaríamos que respondesse logo a esta carta, pois há uma família que vai viajar em breve para Boston, onde a poriam no trem para Beldingsville. Naturalmente a senhora será informada do trem em que Pollyanna seguirá.

Esperando uma resposta favorável em breve, despeço-me.

Respeitosamente,

Jeremias O. White

Com o cenho franzido, Miss Polly dobrou a carta e a recolocou no envelope. Respondera no dia anterior, dizendo que aceitaria a criança, naturalmente. *Conhecia* os seus deveres o suficiente para assumir a tarefa, por mais desagradável que fosse.

Sentada ali, com a carta nas mãos, seus pensamentos foram para sua irmã Jennie, mãe daquela criança, e para a época em que Jennie, aos vinte anos, insistira em se casar com um jovem pastor, a despeito da oposição da família. Havia um homem muito rico que a desejava como esposa. A família o preferia ao pastor; porém Jennie, não. O homem rico era mais avançado na idade, e tinha muito dinheiro, enquanto o pastor possuía apenas uma cabeça jovem repleta de ideais e entusiasmo e um coração cheio de amor. Jennie preferira essas qualidades, o que talvez fosse natural; assim se casara com o pastor, e fora-se com ele para o Sul como esposa de missionário.

O rompimento viera nessa época. Miss Polly lembrava-se bem disso, embora fosse uma garota de quinze anos, a mais jovem da casa. A família tinha mais o que fazer além de pensar em uma mulher de missionário. Jennie escrevera, por algum tempo, e tinha dado à sua filha o nome de Pollyanna, homenageando suas duas irmãs, Polly e Anna; todos os seus outros filhos haviam morrido. A carta com essa notícia fora a última escrita por Jennie; e em poucos anos veio a notícia de sua morte, contada em uma nota breve, mas pungente, pelo próprio pastor, de uma cidade pequena no Oeste.

Entrementes, o tempo não ficara parado para os ocupantes da grande mansão na colina. Miss Polly, olhando para o vale distante abaixo, pensou nas mudanças que aqueles vinte e cinco anos haviam trazido para ela.

Tinha quarenta anos agora, e estava sozinha no mundo. O pai, a mãe, as irmãs — todos mortos. Por anos, tinha sido ela a única dona da casa e da fortuna deixada por seu pai. Havia pessoas que se apiedaram de sua vida solitária, e que a aconselhavam a ter alguma amiga ou companheira para viver com ela ali; mas ela não acolhera nem a simpatia nem o conselho de outros. Gostava da solidão, afirmava. Gostava de ficar na própria companhia. Preferia estar sossegada. Mas agora...

Miss Polly ergueu-se com o rosto contraído e os lábios apertados. Estava contente, naturalmente, por ser uma boa mulher, que não apenas sabia qual era seu dever como tinha força suficiente para cumpri-lo. Mas, Pollyanna... francamente! Que nome ridículo!

II. O velho Tom e Nancy

No pequeno quarto do sótão, Nancy varria e esfregava vigorosamente, prestando atenção especial aos cantos. Na verdade, algumas vezes o vigor que ela punha no trabalho era mais um alívio para seus sentimentos do que um esforço para eliminar a sujeira. A despeito de sua submissão servil à sua patroa, não era nenhuma santa.

— Eu... só... queria... esfregar... os cantos... da alma... dela! — resmungou, ofegante, pontuando cada palavra com um golpe da vassoura. — Deve ter muitos cantos ali precisando de limpeza, isso sim. A ideia de enfiar a abençoada criança aqui em cima neste quarto quente e sem aquecimento no inverno é uma crueldade; e com uma casa imensa como esta, com tantos quartos... Criança desnecessária! Humm! Acho que não são as *crianças* o que é desnecessário aqui no momento — completou ela, esfregando o pano com tanta força que os dedos doeram.

Por algum tempo trabalhou em silêncio; depois da tarefa terminada, olhou para o quarto vazio com evidente desagrado.

— Bem, está feita... a minha parte, pelo menos – suspirou ela. — Não há sujeira aqui... e quase mais nada. Coitadinha! Que lugar para se instalar uma criança solitária e arrancada do lugar em que viveu — desabafou, fechando a porta com força. Mordeu os lábios... — pois eu não me importo... espero que ela tenha escutado... espero mesmo!

Naquela tarde, Nancy separou alguns minutos para conversar com o velho Tom, que limpava o jardim havia incontáveis anos, e tinha acabado de retirar as ervas daninhas.

— Mr. Tom, sabia que vem uma menina para cá, morar com Miss Polly? — indagou ela, olhando rapidamente por sobre o ombro para certificar-se de que não eram observados.

— Uma... o quê? — perguntou o velho, endireitando as costas com dificuldade.

— Uma menina... para viver com Miss Polly.

— Deixe de zombar de um velho — disse Tom, incrédulo. — Por que não diz que o sol vai se pôr no leste amanhã?

— Mas é verdade, ela mesma me disse hoje — afirmou Nancy. — É a sobrinha dela, e tem onze anos.

O queixo do homem caiu.

— Não é possível... mas quem... — começou ele, com uma luz de entendimento chegando ao olhar cansado. — Mas só pode ser... a filha de Mrs. Jennie! Foi a única que se casou... ora veja, Nancy, deve ser a filha de Mrs. Jennie. Que o Senhor seja louvado! Não pensei que meus velhos olhos vissem esse dia!

— Quem é Mrs. Jennie?

— Ela era um anjo caído do céu... — disse o velho empregado, cheio de fervor. — Mas o velho patrão e a patroa não sabiam disso: pensavam nela como a filha mais velha. Tinha vinte anos quando se casou e foi embora daqui, faz muitos anos. Ouvi dizer que todos os bebês dela morreram, menos o último; deve ser essa que está vindo para cá.

— Ela tem onze anos.

— Isso, deve ser isso mesmo — assentiu o velho empregado.

— E vai dormir no sótão... uma vergonha! — acrescentou Nancy, lançando outro olhar por sobre o ombro, na direção da casa atrás dela.

O velho Tom franziu a testa. No instante seguinte, um sorriso curioso se delineou em seus lábios.

— Estou imaginando o que Miss Polly fará com uma criança na casa.

— E eu estou imaginando o que uma criança fará com Miss Polly na casa!

O velho jardineiro riu.

— Acho que não gosta muito de Miss Polly — disse ele, sorrindo.

— Será que alguém gosta?

O velho Tom sorriu de maneira estranha. Curvou-se e começou a trabalhar outra vez.

— Acho que não deve saber sobre o caso de amor de Miss Polly — disse ele, devagar.

— Caso de amor... *ela!* Não. E acho que ninguém mais sabe, também.

— Ah, sabem sim. E o sujeito também mora até hoje... nesta cidade.

— Quem é?

— Não vou dizer... não é certo... — respondeu ele, endireitando o corpo.

Em seus olhos azuis e opacos, enquanto observava a casa, brilhava o orgulho sincero dos criados que serviram e amaram a família por longos anos.

— Mas não parece possível... ela e um admirador — disse Nancy.

O velho Tom balançou a cabeça.

— Não conheceu Miss Polly como eu conheci... — disse ele. — Ela era muito bonita... e seria ainda, se quisesse.

— Bonita! Miss Polly?

— Isso mesmo. Se ela deixasse aquele cabelo preso todo solto e descuidado, como costumava ser, e usasse aquele tipo de laços com flores neles, e vestidos com rendas e coisas brancas... você veria que ela é bonita. Miss Polly não é velha, Nancy.

— Não mesmo? Bem, nesse caso ela faz uma ótima imitação... sem dúvida que faz...

— É, eu sei... começou nessa época — concordou o velho Tom —, na época da briga dela com o namorado. E depois disso parece que ela tem se alimentado de losna e cardos... por isso é tão amarga e difícil de tratar...

— Eu concordo — disse Nancy, indignada. — Não tem jeito de agradar a ela, não importa o quanto se tente. Não ficaria aqui se não fosse pelo salário e pelo pessoal lá de casa, que precisa desse dinheiro. Mas algum dia... algum dia eu não vou conseguir aguentar; e então, naturalmente, será meu adeus. Sei que sim.

O velho Tom meneou a cabeça.

— Sei como é. Também já senti isso. É natural... mas não é o melhor, menina; não é o melhor. Pode acreditar em mim, não é o melhor.

Mais uma vez ele curvou a cabeça branca para o trabalho.

— Nancy! — chamou uma voz aguda.

— Sim, senhora? — respondeu Nancy, correndo na direção da casa.

III. A chegada de Pollyanna

No tempo devido chegou o telegrama anunciando que Pollyanna chegaria a Beldingsville no dia seguinte, 25 de junho, às quatro horas da tarde. Miss Polly leu o telegrama, franziu a testa, depois subiu as escadas até o sótão. Ainda tinha a testa franzida ao examinar o aposento.

O quarto continha uma cama pequena, arrumada com esmero, duas cadeiras de espaldar reto, um lavatório, uma escrivaninha sem nenhum espelho e uma mesa pequena. Não havia cortinas nas janelas nem quadros nas paredes. O sol incidia no telhado o dia inteiro, e o pequeno quarto era quente como um forno. Como não havia persianas nem telas de arame, as janelas não estavam erguidas. Uma grande mosca zumbia furiosamente em uma das janelas, para cima e para baixo, tentando sair.

Miss Polly matou a mosca, atirou-a pela janela (erguendo a folha alguns centímetros para esse propósito), endireitou uma cadeira, franziu a testa novamente e saiu do quarto.

— Nancy — disse ela, alguns minutos mais tarde, à porta da cozinha. — Achei uma mosca lá em cima no aposento de Miss Pollyanna. A janela deve ter sido aberta em algum momento. Encomendei telas, mas até que cheguem espero que mantenha as janelas fechadas. Minha sobrinha irá chegar amanhã às quatro horas. Desejo que vá encontrá-la na estação. Timothy a levará até lá na charrete aberta. O telegrama dizia "cabelos claros, vestido de xadrez vermelho e chapéu de palha". Isso é tudo o que sei, mas acho que é o suficiente para seu propósito.

— Sim, senhora, mas eu... a senhora...

Miss Polly com certeza entendeu o que a pausa queria dizer, pois franziu ainda mais a testa e disse com rispidez:

— Não, não irei. Imagino que não seja necessário que eu vá... e isso é tudo.

E voltou-se. Os preparativos de Miss Polly para a vinda de sua sobrinha Pollyanna estavam terminados.

Na cozinha, Nancy apertou com força o ferro de passar sobre o pano de pratos que estava passando.

— Cabelos claros, vestido de xadrez vermelho e chapéu de palha... é tudo o que ela sabe! Pois eu teria vergonha, teria sim... se teria. Não vai receber a sobrinha, que vem do outro lado do continente...

Precisamente aos vinte minutos para as quatro da tarde seguinte, Timothy e Nancy saíam na charrete para receber a visitante esperada. Timothy era sobrinho do velho Tom. Algumas vezes dizia-se na cidade que se o velho Tom era a mão direita de Miss Polly, Timothy era a esquerda.

Timothy era um jovem de boa índole e igualmente de boa aparência. Apesar de Nancy estar na casa há pouco tempo, os dois já eram bons amigos. Naquele dia, porém, Nancy estava absorta demais em sua missão para se mostrar conversadora como sempre; e foi quase em silêncio que fizeram o percurso até a estação e se puseram em posição de esperar pelo trem.

Em sua mente repetia constantemente: "Cabelos claros, vestido xadrez vermelho, chapéu de palha". Perguntava-se várias vezes que tipo de menina seria Pollyanna.

— Espero que ela seja quieta e sensível, para o bem dela, que não derrube facas nem bata portas... — disse ela para Timothy, que tinha apeado.

— Bem, se ela não for, então não sei o que vai ser de nós — sorriu ele. — Imagine Miss Polly e uma criança barulhenta! Depressa! O trem está apitando.

— Ah, Timothy, acho que foi uma crueldade ela me mandar buscar a sobrinha em vez de vir — comentou Nancy, assustada.

Virou-se e correu para o ponto onde poderia observar melhor os passageiros que chegavam à pequena estação.

Não demorou muito até que Nancy a avistasse: a menina esguia usando um vestido xadrez vermelho, com duas grossas tranças de cabelo cor de linho, pendendo às costas. Sob o chapéu de palha um pequeno rosto ansioso e sardento voltava-se para a direita e para a esquerda, claramente procurando alguém.

Nancy reconheceu a criança no mesmo instante, mas por algum tempo não conseguiu dominar os joelhos trêmulos para chegar até ela. A menina aguardava calmamente quando Nancy finalmente se aproximou.

— É Miss... Pollyanna? — indagou, hesitante.

No instante seguinte viu-se abraçada por dois braços.

— Estou tão contente, contente, contente em vê-la — disse ansiosa. — Sou Pollyanna, sim, e estou contente por ter vindo. Esperava que viesse.

— Esperava? — balbuciou Nancy, perguntando-se vagamente como Pollyanna poderia conhecê-la. Endireitou o chapéu e repetiu: — Esperava?

— Esperava sim, e vim me perguntando durante toda a viagem, como a senhora seria — disse a menina, balançando os pés, e olhando a envergonhada Nancy de alto a baixo. — Agora estou contente por a senhora ser do jeito que eu imaginava.

Nancy ficou aliviada pela aproximação de Timothy, pois as palavras de Pollyanna a confundiam.

— Este é Timothy... Talvez tenha trazido um baú... — balbuciou ela.

— Trouxe, sim — informou Pollyanna, com ar importante. — Novinho. As Auxiliadoras Femininas o conseguiram para mim, não foi adorável, quando estavam precisando tanto do dinheiro para comprar um tapete? Claro, não sei quantos metros de tapete vermelho o valor de um baú poderia comprar, mas acho que dava para alguma coisa, não acha? Tenho um papel em minha bolsa que Mr. Gray disse que eu precisava entregar para a senhora a fim de retirar meu baú. Mr. Gray é o marido de Mrs. Gray. São primos da esposa do deão Carr. Vim para o Leste com eles, e são adoráveis! Aqui... aqui está — terminou ela, entregando o recibo para retirar o baú, depois de muito remexer o interior da bolsa que carregava.

Nancy suspirou profundamente. Sentiu que era preciso tomar fôlego depois daquela explicação. Procurou o olhar de Timothy. Os olhos dele voltavam-se propositadamente para outro lado.

Finalmente os três partiram, com o baú de Pollyanna na traseira, e esta espremida entre Nancy e Timothy. Durante todo o percurso a menina manteve um fio ininterrupto de comentários e perguntas, até que a espantada Nancy encontrou-se sem fôlego, tentando acompanhá-la.

— Olha lá! Não é lindo? A casa é muito longe? Espero que sim, porque adoro andar de charrete — suspirou Pollyanna, enquanto as rodas começavam a girar. — É claro que se não for longe não vou me importar, porque quero chegar logo, sabe? Que rua linda! Eu sabia que tudo ia ser lindo. Papai me contou.

Calou-se com a respiração entrecortada. Nancy olhou para ela com apreensão e percebeu que o pequeno queixo estremecia, e que os olhos enchiam-se de lágrimas. Rapidamente, entretanto, ela se recompôs, erguendo corajosamente a cabeça.

— Meu pai contou-me tudo sobre isso. Ele se lembrava. E... eu ainda não expliquei... Mrs. Gray falou-me sobre eu estar de vestido xadrez vermelho... em vez de estar de preto. Ela disse que a senhora acharia estranho. Mas não havia nada negro no depósito das missionárias, apenas um vestido de veludo, que Mrs. Gray afirmou ser impróprio para mim; além do mais, disse que tinha pontos brancos... puídos, sabe como é... nos dois cotovelos, e em algumas outras partes. Parte das Auxiliadoras queria comprar-me um vestido e um chapéu pretos, e a outra parte achava que o dinheiro deveria servir para comprar o tapete vermelho que estão querendo... para a igreja, sabe? Mrs. White diz que talvez fosse melhor assim, porque não gosta de crianças vestidas de preto... quer dizer, ela gosta de crianças, mas não vestidas de preto.

Pollyanna parou para tomar fôlego e Nancy conseguiu dar um aparte:

— Bem, tenho certeza de que... tudo vai ficar bem...

— Que bom que acha isso. Eu também — respondeu Pollyanna, parando novamente para tomar fôlego. — Deve ser difícil ficar contente de preto.

— Contente? — disse Nancy, surpresa.

— Sim... contente por o pai ter ido para o céu para estar com mamãe e os outros. Ele disse-me que eu preciso ficar contente. Mas é muito difícil... quer dizer, mesmo de vestido xadrez vermelho... porque eu... gostava tanto dele, que achava que eu *devia* ficar com ele, especialmente quando minha mãe e o resto deles têm Deus e todos os anjos, e eu não tinha ninguém a não ser as Auxiliadoras. Mas agora será mais fácil, porque tenho a senhora, tia Polly. Estou muito contente por ter a senhora...

A compaixão de Nancy pela pequena abandonada transformou-se em pasmo.

— Mas... há um engano aqui. Sou Nancy. Não sou sua tia Polly — balbuciou ela.

— Não... não é? — hesitou a menina, surpresa.

— Não. Sou apenas Nancy. Nunca pensei que fosse me tomar por ela. Nós... não somos nem um pouco parecidas... nem um pouco mesmo.

Timothy riu brevemente, mas Nancy estava perturbada demais para responder ao brilho alegre nos olhos dele.

— Mas quem é...? — quis saber Pollyanna. — Não parece nem um pouco como uma Auxiliadora!

Daquela vez, Timothy riu.

— Sou Nancy, a empregada. Faço todo o trabalho da casa, a não ser lavar e passar. Mrs. Durgin é quem faz isso.

— Mas *existe* uma tia Polly, não existe? — quis saber a menina, ansiosamente.

— Pode apostar sua vida que existe — disse Timothy.

Pollyanna suspirou.

— Então está tudo certo — depois de um instante de silêncio, continuou: — Sabe? Estou contente, afinal, que ela não tenha vindo me encontrar, porque agora ainda vou conhecê-la, e já conheci *você*.

Nancy corou. Timothy voltou-se para ela com um sorriso divertido.

— Eu diria que acabou de receber um elogio; por que não agradece à jovem senhorita?

— Eu estava... pensando em Miss Polly — hesitou Nancy.

Pollyanna suspirou, satisfeita.

— Eu também estava. Estou muito interessada nela. Sabe que ela é a única tia que tenho, e eu não soube disso por muito tempo. Então meu pai me contou. Ele disse que minha tia morava em uma grande casa adorável "no topo de uma colina".

— Mora mesmo. Podemos ver daqui — respondeu Nancy. — É aquela grande com venezianas verdes... lá na frente.

— Oh... que linda! E quanta grama e árvores ao redor. Nunca vi tanta grama de uma vez só. Tia Polly é rica, Nancy?

— É sim, senhorita.

— Estou contente por isso. Deve ser muito bom ter muito dinheiro. Nunca conheci ninguém que tivesse, só os White... são muito ricos. Têm carpetes em todas as salas e tomam sorvete aos domingos. Na casa de tia Polly há sorvete aos domingos?

Nancy negou com um gesto de cabeça. Seus lábios se repuxaram um pouco, e ela lançou um olhar divertido para Timothy.

— Não, senhorita. Sua tia não gosta de sorvete. Quer dizer, pelo menos nunca vi nenhum à mesa.

A expressão de Pollyanna desanimou-se.

— Não mesmo? Sinto muito. Não sei como pode ela não gostar de sorvete. Mas acho que devia ficar contente, porque o sorvete que deixamos de comer não pode fazer-nos ter dor de estômago, como Mrs. White teve... bem, eu tomei bastante sorvete na casa dela. Mas talvez a tia Polly tenha tapetes.

— Sim, ela tem tapetes.

— Em todos os quartos?

— Bem, em quase todos os quartos — respondeu Nancy, franzindo a testa ao lembrar do pequeno quarto no sótão, onde não havia tapete.

— Fico muito contente — exultou Pollyanna. — Adoro tapetes. Não tínhamos nenhum, só dois pequenos que vieram em uma remessa para missionários, e um deles tinha manchas de tinta. Mrs. White também tinha quadros, muito bonitos, com rosas, meninas ajoelhadas, um gatinho, alguns carneiros e um leão... não juntos, é claro, os carneiros e o leão. A Bíblia diz que o carneiro e o leão ficarão juntos algum dia, mas isso ainda não aconteceu... quer dizer, no quadro de Mrs. White não tinha acontecido. Você não adora quadros?

— Eu... não sei... — respondeu Nancy, com voz abafada.

— Eu adoro. Não tínhamos nenhum quadro. Eles não apareciam muito nos barris de doação. Mas uma vez vieram. Um deles era tão bom que meu pai o vendeu para conseguir dinheiro e comprar sapatos para mim; o outro estava tão podre que ficou em pedaços assim que o penduramos. O vidro... se quebrou, sabe? Eu chorei... mas estou ficando contente que não houvesse nenhuma dessas coisas bonitas, assim posso apreciar mais quando chegarmos à casa da tia Polly — sem estar acostumada a elas, sabe como é. É como acontecia quando as fitas de cabelo bonitas apareciam nos barris depois de várias marrons desbotados. Nossa, mas que casa linda! — exclamou ela, voltando-se para a entrada.

Foi apenas quando Timothy estava descarregando o baú que Nancy encontrou uma oportunidade de murmurar em seu ouvido:

— Não diga mais nada sobre elogios, Timothy Durgin. A não ser que prefira mudar de emprego!

— Mudar de emprego! Eu nem pensaria nisso — sorriu o jovem. — Não conseguiria me arrastar para longe. Agora, com essa menina por perto, vai ficar mais divertido do que uma sessão de cinema, todos os dias.

— Divertido, divertido — repetiu Nancy. — Acredito que será algo diferente de divertido aqui para essa criança abençoada... quando as duas começarem a conviver; e acredito que haverá necessidade de alguém que seja como um porto seguro para ela. Pois eu pretendo ser esse porto, Timothy; pretendo, sim — reforçou ela, conduzindo Pollyanna pelos degraus largos.

IV. O pequeno quarto no sótão

Miss Polly Harrington não se levantou para cumprimentar a sobrinha. Apenas ergueu os olhos de seu livro quando Nancy e a menina apareceram à porta da sala de estar, e estendeu a mão com o ar de "dever" estampado no gesto.

— Como vai, Pollyanna? Eu... — interrompeu-se, pois não teve chance de continuar: a menina veio correndo e atirou-se ao colo da tia escandalizada.

— Oh, tia Polly, tia Polly, não sei como vou demonstrar toda a alegria que estou sentindo por ter-me convidado para morar aqui com a senhora — disse ela, soluçando. — Não sabe como é maravilhoso ter a senhora e Nancy depois de ter apenas as Auxiliadoras!

— É provável mesmo... embora eu não tivesse tido o prazer de conhecer as Auxiliadoras — respondeu Miss Polly com rigidez, tentando livrar-se dos dedinhos que a seguravam e voltando-se para Nancy, que estava à porta do aposento: — Está bem, Nancy. Podem ir. Pois bem, Pollyanna, solte-me e fique de pé, em uma posição apropriada... ainda não vi como você é...

Pollyanna recuou um pouco, rindo com uma nota de histeria.

— Acho que não mesmo; minha figura não é lá essas coisas... com estas sardas. E também devia explicar sobre esse vestido de xadrez vermelho e aquele de veludo preto com os cotovelos puídos. Eu contei a Nancy o que papai disse...

— Agora não importa mais o que seu pai disse — interrompeu Miss Polly. — Tem um baú com as suas coisas, eu presumo.

— Tenho sim, tia Polly, tenho um belo baú que as Auxiliadoras me deram. Não tenho muita coisa dentro... de meu, quero dizer. Não havia muita coisa para meninas nos donativos ultimamente. O baú está cheio com os livros de meu pai, porque Mrs. White disse que eu devia ficar com eles. Sabe, o papai...

— Pollyanna — interrompeu a tia, decidida —, é bom esclarecer logo de início uma coisa: não quero ouvir você falar sobre seu pai.

A menina respirou de maneira entrecortada.

— Por que, tia Polly? Quer dizer... — hesitou ela.

A tia aproveitou a pausa.

— Vamos subir para seu quarto. Seu baú já está lá, imagino. Eu disse a Timothy que o levasse para cima... se tivesse um. Pode vir atrás de mim, Pollyanna.

Sem falar, Pollyanna voltou-se e seguiu sua tia, sala afora. Os olhos estavam brilhantes de lágrimas, mas o queixo elevava-se cheio de coragem.

"Afinal, acho que estou contente por ela não querer que eu fale sobre papai", pensou Pollyanna. "Acho que assim será mais fácil... se eu não falar sobre ele. De qualquer forma, deve ser por isso que ela não quer que eu fale."

Pollyanna, então, convencida da "bondade" da tia, controlou as lágrimas e olhou ao redor.

Estavam agora na escada. O vestido negro de seda da tia farfalhava à sua frente. Atrás dela uma porta aberta permitia um vislumbre de tapetes de cores suaves e poltronas cobertas de cetim. Sob seus pés um tapete maravilhoso tinha o fio verde como musgo. Em todos os lados o brilho de uma moldura dos quadros ou o brilho da luz do sol através do tecido transparente das cortinas de renda ofuscava os olhos.

— Tia Polly, tia Polly... que casa adorável e perfeita! — exclamou a menina, com ar sonhador. — Como deve estar contente por ser tão rica!

— Pollyanna! — cortou a tia, voltando-se para a menina ao atingir o topo das escadas. — Estou surpresa com você... dizendo uma coisa dessas para mim!

— Por que, tia Polly? A senhora não é rica? — indagou Pollyanna, admirada.

— Certamente que não, Pollyanna. Seria um pecado sentir-me orgulhosa por qualquer bem que o Senhor me tenha concedido... certamente não por riquezas — declarou a dama.

Miss Polly voltou-se e caminhou pelo corredor até a escada que levava ao sótão. Estava contente por ter acomodado a menina no quarto do terceiro andar. Sua ideia a princípio era instalar a sobrinha na maior distância possível de si, em um local onde o descuido infantil não danificasse a mobília valiosa. Agora, com aquela exibição evidente de futilidade, ficava contente por ter escolhido um quarto simples e prático, pensava Miss Polly.

Os pequenos pés de Pollyanna caminhavam atrás da tia. Ansiosos, os olhos azuis percorriam todas as direções ao mesmo tempo, para que nada de bonito ou interessante na casa ficasse sem ser visto. Em sua mente apresentava-se o problema mais excitante a ser resolvido: atrás de qual daquelas portas maravilhosas estaria o seu quarto... o seu querido e belo quarto, cheio de cortinas, tapetes e quadros, que pertenceria apenas a ela? Então, abruptamente a tia abriu uma porta e subiu outro lance de escadas.

Ali havia pouco a ser visto. Uma parede nua erguia-se de cada lado. No topo da escada espaços sombrios de ambos os lados levavam a cantos distantes onde o teto quase tocava o assoalho, onde estavam guardados inumeráveis baús e caixas. Ali o ar era quente e abafado. Inconscientemente, Pollyanna ergueu mais o rosto... parecia difícil respirar. Então percebeu que a tia abrira uma porta à direita.

— Aqui está, Pollyanna, seu quarto, e ali está seu baú. Tem a chave?

Pollyanna fez um gesto automático com a cabeça, concordando. Seus olhos pareciam assustados e arregalados.

A tia franziu a testa.

— Quando faço uma pergunta, Pollyanna, prefiro que responda em voz alta... não com um movimento de cabeça.

— Sim, tia Polly.

— Obrigada, assim é melhor. Acredito que tenha tudo de que precisa aqui. Vou mandar Nancy para ajudá-la a retirar as coisas do baú... o jantar é às seis horas — acrescentou ela, verificando com o olhar o jarro cheio e a toalha pendurada.

Em seguida saiu do quarto e desceu as escadas.

Por um instante, depois que ela saiu, Pollyanna ficou parada, olhando na direção que a tia tomara. Em seguida fitou as paredes sem adornos, o assoalho nu e a janela sem cortina. Por último, voltou o olhar para o pequeno baú que não fazia muito estivera em um pequeno quarto, em seu lar longínquo no Oeste. Em seguida, caminhou até ele e caiu de joelhos, cobrindo o rosto com as mãos.

Nancy a encontrou nessa posição quando subiu, alguns minutos depois.

— Pronto, pronto... minha pequena — disse ela, abaixando-se e trazendo a menina para seus braços. — Eu estava mesmo com receio de encontrá-la assim.

Pollyanna balançou a cabeça.

— Mas eu sou ruim e malvada, Nancy... muito ruim — soluçou ela. — Não consigo entender por que Deus e os anjos precisavam de meu pai mais do que eu.

— Não precisavam mais que a senhorita, tenho certeza — declarou Nancy.

— Oh... Nancy! — exclamou a menina, secando as lágrimas, com uma expressão de horror.

Nancy sorriu envergonhada e esfregou os olhos com vigor.

— Pronto, criança, eu não quis dizer isso... Venha, me dê a chave e vamos pegar as coisas no baú... vamos arrumar logo a sua roupa.

Ainda com lágrimas nos olhos, Pollyanna pegou sua chave.

— Não há muitas aí, de qualquer modo.

— Então será mais rápido de arrumar — disse Nancy.

Pollyanna deu um belo sorriso.

— É mesmo! Posso ficar contente por isso, não posso?

As mãos hábeis de Nancy trabalharam com rapidez para guardar os livros, as roupas de baixo remendadas e o pequeno número de vestidos, todos simples. Pollyanna, agora sorrindo corajosamente, ergueu-se, colocou os vestidos no armário, os livros sobre a mesa e guardou as roupas de baixo nas gavetas da cômoda.

— Tenho certeza de que... vai ficar um quarto muito bonito. Não acha? — hesitou ela, depois de algum tempo.

Não houve resposta. Nancy estava ocupada, aparentemente, com a cabeça no baú. Pollyanna, em pé ao lado da mesa, olhava com ar desejoso para a parede nua à sua frente.

— E acho que posso ficar contente por não haver espelho aqui, porque sem espelho não posso ver minhas sardas...

Nancy fez um ruído repentino com a garganta, como que um soluço... mas quando Pollyanna se virou, a cabeça dela estava no baú outra vez. Em uma das janelas, alguns minutos depois, Pollyanna deu um grito de alegria e bateu palmas alegremente.

— Ah, Nancy, eu nunca tinha visto isso antes... veja, a paisagem aqui, com essas árvores e o rio brilhando como prata. Por Deus, Nancy, não preciso mesmo de quadros quando tenho uma vista como esta. Estou muito contente que ela tenha me dado este quarto.

Para surpresa e espanto de Pollyanna, Nancy irrompeu em lágrimas. Pollyanna atravessou o quarto até ela.

— Nancy, Nancy... o que foi? — perguntou ela. — Esse não era... o *seu* quarto, era?

— Meu quarto! — exclamou Nancy, reprimindo as lágrimas. — Se a senhorita não fosse um anjinho caído direto dos céus, e se algumas pessoas não fossem a encarnação do diabo... Ah, meu Deus! Lá vem ela tocando o sino outra vez...

Depois disso, com agilidade surpreendente, Nancy ergueu-se, saiu do aposento e desceu as escadas.

Sozinha, Pollyanna retornou ao seu "quadro", como mentalmente designou a paisagem de sua janela. Depois de algum tempo, experimentou tocar o caixilho. Para sua alegria, este se moveu sob seus dedos. Parecia não ser mais possível suportar o calor abafado. No instante seguinte a janela estava completamente aberta e Pollyanna inclinou-se nessa direção, absorvendo o ar doce e fresco.

Correu então para a outra janela, que também abriu sob suas mãos ansiosas. Uma grande mosca passou por seu nariz, e começou a zumbir pelo quarto. Então veio outra, e outra, porém Pollyanna não prestou atenção. Fez uma descoberta maravilhosa... contra sua janela, uma grande árvore balançava seus galhos grossos. Para Pollyanna pareciam braços estendidos, a convidá-la.

De repente, ela riu.

— Acho que consigo — disse para si mesma, rindo.

No instante seguinte, subiu no parapeito. Dali foi fácil passar para o galho mais próximo. Então, segurando-se como um macaco, a menina passou de galho para galho, até atingir o mais baixo. A distância até o chão era, mesmo para alguém como Pollyanna, acostumada a subir em árvores, um tanto perigosa. Apesar disso, saltou, balançando-se nos braços pequenos e fortes, e aterrissando de quatro sobre a grama macia.

Encontrava-se na traseira da casa. À sua frente havia um jardim no qual um velho curvado trabalhava. Além, estendia-se um caminho através do campo para uma colina íngreme, no topo da qual um pinheiro solitário montava guarda ao lado de um grande rochedo. Naquele instante, o alto daquele rochedo pareceu a Pollyanna o único lugar no mundo onde valeria a pena estar.

Com uma corrida e um desvio hábil, Pollyanna evitou o homem curvado, abriu caminho entre as fileiras verdes e vivas e, um pouco sem fôlego, atingiu o caminho que corria pelo campo aberto. Depois, resolutamente, começou a subir. Entretanto, começou a pensar o quanto a rocha era distante, embora parecesse tão perto vista da janela!

Quinze minutos mais tarde, o grande relógio do saguão da mansão dos Harrington batia seis horas. Exatamente ao soar da última badalada, Nancy tocou o sino para o jantar.

Um, dois, três minutos se passaram. Miss Polly franziu a testa e bateu o pé no chão. Ergueu-se de maneira um tanto desajeitada, foi até o saguão e olhou para o alto das escadas, com impaciência. Por um instante, escutou com atenção, depois se voltou e foi para a sala de jantar.

— Nancy, minha sobrinha está atrasada — disse ela, assim que a empregada apareceu. Nancy fez um gesto na direção da porta do saguão. — Não, não há necessidade de chamá-la. Eu informei a ela o horário do jantar e agora terá de sofrer as consequências. Ela pode muito bem começar a aprender a ser pontual. Quando descer, pode comer um pedaço de pão e tomar leite na cozinha.

— Sim, senhora.

Miss Polly não estava olhando diretamente o rosto de Nancy na ocasião. Isso foi bom. Na primeira oportunidade que teve depois do jantar, Nancy subiu as escadas e de lá foi até o quarto no sótão.

— Leite e pão... pois sim! E justo quando a coitadinha deve ter chorado até dormir — resmungava ela, revoltada, enquanto abria devagar a porta. Em seguida veio um grito abafado. — Onde ela está? Onde foi?

Olhou no armário, debaixo da cama, até no baú e atrás do jarro de água. Depois desceu as escadas e foi até onde estava o velho Tom, no jardim.

— Mr. Tom, Mr. Tom... aquela criança abençoada sumiu... Desapareceu, deve ter ido para o céu, de onde veio, pobrezinha... e me mandaram dar a ela leite e pão, na cozinha... ela deve estar comendo a comida dos anjos, neste minuto. Garanto ao senhor!

O velho endireitou o corpo.

— Ido... para o céu? — repetiu ele, estupidamente, perscrutando o céu com o olhar. Parou, ficou quieto um momento, depois se voltou, com um sorriso lento. — Bem, Nancy, parece que ela tentou chegar tão perto do céu da noite quanto foi possível — disse ele, apontando um dedo torto para onde, desenhada contra o céu avermelhado pelo sol poente, estava uma figura esguia e varrida pelo vento.

— Pois bem, ela não vai até o céu esta noite... não se eu puder fazer algo — declarou Nancy. — Se a patroa perguntar, diga a ela que não me esqueci dos pratos, mas saí para passear.

Endireitou os ombros e apressou-se pelo caminho que levava ao campo aberto.

V. O jogo

— Por Deus, Miss Pollyanna, que susto me deu — disse Nancy, apressando-se até a grande rocha, da qual Pollyanna acabara de deslizar.

— Susto? Sinto muito; mas não deve se assustar comigo, Nancy. Meu pai e as Auxiliadoras costumavam ter essa reação também, até descobrirem que eu sempre voltava bem.

— Mas eu nem sabia que tinha saído — protestou Nancy, tomando a menina pela mão e levando-a colina abaixo. — Não a vi sair e ninguém viu. Acho que voou direto do telhado...

Pollyanna saltitou alegremente.

— Quase isso... só que voei para baixo em vez de para o alto. Desci pela árvore.

Nancy estacou.

— O quê?

— Desci pela árvore... do lado de fora da minha janela.

— Pelo amor de Deus! — exclamou Nancy, apressando-se outra vez. — Só queria saber o que sua tia diria se soubesse disso.

— Queria? Bem, então vou dizer a ela, assim você fica sabendo — disse a garota, alegremente.

— Por piedade! Não faça isso — implorou Nancy.

— Você não está querendo insinuar que *ela se importa*, está? — exclamou Pollyanna, nitidamente perturbada.

— Não... sim... bem, não vem ao caso agora. Não estou querendo mesmo saber o que ela diria — disse Nancy, determinada a evitar uma carraspana para a menina. — Mas é melhor nos apressarmos. Ainda tenho de lavar os pratos, sabe?

— Eu ajudo... — ofereceu Pollyanna, prontamente.

— Oh, Miss Pollyanna — protestou Nancy.

Por um instante houve silêncio. O céu escurecia depressa. Pollyanna segurou mais forte o braço da amiga.

— Admito que fiquei contente por você ter ficado assustada... um pouco... por ter vindo atrás de mim — disse a menina, estremecendo.

— Pobrezinha... e deve estar com fome também... Acho que vai ter de tomar leite e comer pão na cozinha comigo. Sua tia não gostou por não ter decido para jantar.

— Eu não podia... estava aqui.

— Sim, mas... ela não sabia disso — observou Nancy, abafando o riso. — Sinto muito sobre o pão e o leite...

— Eu não sinto, estou contente.

— Contente, por quê?

— Porque gosto de leite com pão, e gosto de comer com você. Não é natural que eu fique contente com isso?

— A senhorita fica contente com tudo que acontece — respondeu Nancy, recordando as corajosas tentativas de Pollyanna de gostar do pequeno quarto no sótão.

Pollyanna riu suavemente.

— Bem, de qualquer modo este é o jogo.

— O... jogo?

— Sim. O "jogo do contente".

— Do que está falando?

— Bem, é um jogo. Meu pai me ensinou, e é maravilhoso — explicou Pollyanna. — Nós sempre o jogávamos, desde que eu era bem pequena. Eu contei às Auxiliadoras, e elas o jogavam... pelo menos algumas delas.

— O que é? Devo dizer que não sou muito de jogos...

Pollyanna riu outra vez, mas também suspirou; e à luz do poente seu rosto parecia magro e melancólico.

— Bem, começamos com um par de muletas que veio em um barril dos missionários.

— *Muletas?*

— Sim. Sabe, eu queria uma boneca, e meu pai havia escrito pedindo que a mandassem, mas quando o barril chegou, não havia bonecas, e sim um par de pequenas muletas. Acharam que poderiam ser úteis para alguma criança. Foi aí que começamos tudo.

— Bem, não entendo como é este jogo... — disse Nancy, quase exasperada.

— Bem, o jogo era encontrar um motivo para ficar contente com todas as coisas, não importa o que fossem. E começamos ali mesmo... com as muletas.

— Eu não consigo ver nada para ficar contente com isso. Receber um par de muletas quando se quer uma boneca!

Pollyanna bateu palmas.

— Mas existe... existe, sim, um motivo para ficar contente. No começo eu não conseguia enxergar também, Nancy — confidenciou a menina. — Papai teve de me dizer.

— Bem, então me explique também — disse Nancy.

— Por que não ficar contente pelo fato de *não... precisar delas?* — exultou Pollyanna, triunfante. — Vê? É muito fácil... quando se sabe como.

— Que esquisitice — exclamou Nancy, olhando para a menina, com olhos quase temerosos.

— Não é esquisito... é maravilhoso — continuou Pollyanna entusiasticamente. — Jogamos sempre, desde aquela época. E quanto mais difícil parece, mais divertido é sair da situação. Mas... algumas vezes é difícil demais... como quando papai foi para o céu e só ficaram as Auxiliadoras.

— Sim, ou quando se é posta em um quarto acanhado no alto de uma casa, com nada nas paredes e no teto — resmungou Nancy.

Pollyanna suspirou.

— No começo foi difícil — admitiu a menina. — Principalmente porque eu estava me sentindo tão sozinha... e não estava com vontade de jogar o jogo. E estava querendo tanto coisas bonitas! Então eu pensei em quanto odiava ver minhas sardas no espelho, e vi aquela paisagem tão bonita pela janela; então eu soube que tinha encontrado coisas para ficar contente. Sabe, quando se está procurando as coisas boas esquece-se das outras... como a boneca que eu queria, por exemplo.

Nancy engoliu em seco, tentando lidar com o nó que se formara em sua garganta.

— Geralmente não custa tanto. E muitas vezes eu faço o jogo *sem* pensar, sabe? De tão acostumada fiquei. É um jogo adorável. Papai e eu gostávamos muito — ela hesitou. — Mas acho que agora vai ser mais difícil, porque não tenho ninguém para jogar comigo. Talvez a tia Polly jogue...

— Minha nossa... justo ela! — murmurou Nancy. Depois em voz alta: — Veja, Miss Pollyanna, não estou dizendo que vou saber jogar bem; mas eu vou jogar, como puder. Vou, sim.

— Oh, Nancy! Vai ser ótimo! Vamos nos divertir tanto — disse Pollyanna, abraçando-a.

— Pode ser... — concordou Nancy, em tom duvidoso. — Só que não deve contar muito comigo, sabe? Nunca fui muito boa em jogos, mas estou disposta a tentar. Seja como for, vai ter alguém para jogar.

As duas entraram na cozinha. Pollyanna comeu seu pão e tomou o leite com apetite, e por sugestão de Nancy, foi até a sala de estar, onde a tia estava lendo.

Miss Polly ergueu os olhos para ela, com frieza.

— Jantou, Pollyanna?

— Sim, tia Polly.

— Sinto muito, Pollyanna, por ter sido obrigada tão cedo a mandá-la até a cozinha para tomar leite com pão.

— Mas fiquei contente que tenha feito isso, tia Polly. Gosto de leite com pão, e da Nancy também. Não deve se sentir mal quanto a isso.

Tia Polly endireitou-se na poltrona.

— Pollyanna, já passou da hora de você ir para a cama. Teve um dia difícil, e amanhã iremos planejar seu dia e examinar suas coisas para ver o que é necessário obter para você. Nancy vai lhe dar uma vela. Tenha cuidado quando for usar. O café da manhã será às sete e meia. Procure estar aqui embaixo a tempo. Boa noite.

Com naturalidade, Pollyanna aproximou-se da tia e lhe deu um abraço afetuoso.

— Eu me diverti muito até agora. Sei que vou adorar morar aqui com a senhora... mas isso eu sabia mesmo antes de vir. Boa noite.

E saiu correndo da sala.

— Quem diria — murmurou Miss Polly, franzindo o cenho. — Que criança extraordinária. Ficou "contente" por eu tê-la castigado, e eu não "devo me sentir mal quanto a isso", além do que vai "adorar morar aqui comigo". Quem diria...

Em seguida, voltou sua atenção ao livro.

Quinze minutos mais tarde, no quarto do sótão, uma criança solitária soluçava e apertava os lençóis.

— Eu sei, papai-entre-os-anjos, que não estou fazendo o jogo agora... nem um pouco; mas não acredito que até mesmo o senhor possa encontrar alguma coisa para ficar contente em dormir só aqui em cima no escuro... Se pelo menos eu estivesse perto de Nancy ou da tia Polly, ou até mesmo de uma das Auxiliadoras, seria mais fácil!

Na cozinha, Nancy, apressando-se em fazer seu trabalho atrasado, esfregou o pano contra a leiteira e resmungou:

— Se tenho de jogar esse jogo tolo... que nos faz satisfazermo-nos com muletas quando queríamos uma boneca, então que seja. E isso me torna a pedra do refúgio, então vou ter de jogar...

VI. Uma questão de dever

Eram quase sete horas quando Pollyanna acordou, naquele primeiro dia de sua chegada. As janelas do quarto voltavam-se para o sul e para o oeste, de modo que ainda não podia ver o sol; mas podia enxergar o azul na névoa do céu matinal, e sabia que o dia prometia ser belo.

O pequeno quarto estava mais frio agora, e o ar entrava, fresco e adocicado. Do lado de fora, os pássaros piavam alegremente, e Pollyanna correu para a janela para falar com eles. Viu que no jardim sua tia já estava entre as roseiras. Apressou-se em vestir-se para juntar-se a ela.

Desceu rapidamente as escadas do sótão, deixando ambas as portas abertas. Atravessou o saguão e então passou pela porta da frente, dando a volta a correr para o jardim.

Tia Polly estava com o velho jardineiro. Inclinava-se sobre uma roseira quando Pollyanna, rindo de felicidade, atirou-se sobre ela.

— Oh, tia Polly, tia Polly, estou tão contente esta manhã por estar viva!

— Pollyanna! — disse gravemente tia Polly, pondo-se tão ereta como se um peso enorme a tivesse puxando para cima, pelo pescoço. — É assim que costuma dar bom-dia?

A garota largou-a e ficou balançando levemente o corpo para cima e para baixo, como que dançando.

— Não, mas quando gosto da pessoa não consigo evitar. Vi a senhora pela janela, tia Polly, e fiquei pensando que não era uma Auxiliadora, mas minha tia de verdade; e parecia tão boa, que tive de vir até aqui para lhe dar um abraço.

O velho jardineiro voltou as costas, de repente, como a esconder qualquer coisa. Miss Polly tentou fazer uma careta, mas sem o sucesso de sempre.

— Pollyanna, você... Thomas, acho que está bom por hoje. Acho que entendeu... sobre as roseiras... — disse ela, com certa rigidez, e então se voltou e caminhou depressa na direção da casa.

— Sempre trabalha no jardim, senhor...? — quis saber Pollyanna, interessada.

O velho voltou-se. Seus lábios se torceram, mas os olhos estavam úmidos com lágrimas.

— Sim, senhorita. Sou o velho Tom, o jardineiro — disse ele.

Impelido por forte emoção, ele esticou uma das mãos e pousou-a por um instante sobre o cabelo brilhante dela.

— A senhorita... é muito parecida com sua mãe! Eu a conheci quando ela era ainda mais jovem que a senhorita. Sabe, eu já trabalhava no jardim, naquela época.

Pollyanna susteve a respiração.

— É mesmo? Conheceu minha mãe? Quando ela era um anjo da terra e não um anjo do céu? Por favor, conte-me mais sobre ela... — pediu Pollyanna, sentando ao lado dele no caminho.

Um sino soou. No instante seguinte, Nancy saiu correndo para fora da porta da cozinha.

— Miss Pollyanna, este sino é o sinal para o café da manhã — disse ela, ofegante, puxando a menina pela mão e caminhando com ela na direção da casa. — E em outros horários significa o chamado para as outras refeições. Quer dizer que deve ir correndo para dentro em todas as vezes que escutar. Se não, bem, iria ser muito difícil achar alguma coisa para ficar contente. — Terminou suas palavras e empurrou Pollyanna para o interior da cozinha.

O café da manhã transcorreu silencioso nos primeiros cinco minutos; então Miss Polly, que seguia com ar de reprovação as asas de duas moscas que passeavam pela mesa, pousando aqui e ali, disse:

— Nancy, de onde vieram estas moscas?

— Não sei, senhora. Não havia nenhuma na cozinha...

Nancy estivera ocupada demais para reparar na janela aberta no quarto de Pollyanna, na tarde anterior.

— Acho que são minhas moscas, tia Polly — disse Pollyanna, em tom amável. — Havia muitas delas hoje de manhã se divertindo no andar de cima.

Nancy saiu apressadamente, levando consigo os bolinhos de milho ainda quentes que trazia...

— Suas? O que quer dizer? De onde elas vieram? — quis saber tia Polly.

— Ora, tia Polly, elas vieram de fora da casa, pelas janelas. Eu vi quando algumas entraram.

— Você as viu? Está dizendo que levantou as janelas?

— Claro que sim. E como não tinha nenhuma tela, tia Polly, as moscas entraram.

Nancy entrou outra vez com os bolinhos. Seu rosto estava sério, mas bastante vermelho.

— Nancy, quero que deixe os bolinhos aí e vá imediatamente ao quarto de Miss Pollyanna e feche as janelas. Feche as portas, também. Mais tarde, quando tiver terminado o trabalho da manhã, vá a todos os aposentos e mate as moscas. Faça uma busca completa.

Em seguida, voltou-se para a sobrinha.

— Pollyanna, eu encomendei telas para as janelas. Sei, naturalmente que é meu dever fazer isso. Mas parece que você esqueceu o seu dever.

— Meu... dever? — os olhos de Pollyanna se arregalaram.

— Certamente. Sei que está calor, mas é seu dever manter as janelas fechadas até as telas chegarem. As moscas, Pollyanna, não são apenas insetos sujos e desagradáveis, mas também perigosos para a saúde. Depois do café da manhã, vou lhe dar um panfleto para ler, acerca do assunto.

— Para ler? Oh, obrigada, tia Polly. Adoro ler!

Miss Polly inspirou audivelmente, depois apertou os lábios. Pollyanna, vendo a gravidade em seu rosto, franziu a testa, pensativa.

— Sinto muito pelo dever que não cumpri, tia Polly. Não vou mais levantar as janelas — disse ela, timidamente.

A tia não respondeu. Não falou mais nada até a refeição terminar. Quando se levantou, foi até a estante na sala de estar, apanhou uma pequena brochura e caminhou até onde estava a sobrinha.

— Este é o artigo sobre o qual lhe falei, Pollyanna. Desejo que vá para seu quarto agora e o leia. Vou subir em meia hora para dar uma olhada em suas coisas.

Pollyanna, com os olhos postos na ilustração da cabeça de uma mosca, muitas vezes ampliada, disse alegremente:

— Obrigada, tia Polly!

No instante seguinte ela saiu saltitante da sala, batendo a porta atrás de si.

Miss Polly franziu a testa, hesitou, depois cruzou a sala majestosamente e abriu a porta; mas Pollyanna já estava fora de visão, subindo as escadas do sótão.

Meia hora mais tarde, com o rosto expressando gravidade em cada traço, Miss Polly subiu as escadas do sótão e entrou no quarto de Pollyanna, sendo recebida com uma onda de entusiasmo.

— Oh, tia Polly, nunca vi nada tão maravilhoso e interessante em toda a minha vida. Fiquei muito contente por ter me dado esse livro para ler. Eu não sabia que as moscas podiam carregar tantas coisas nas patas, e...

— Muito bem, Pollyanna — interrompeu a tia, com dignidade. — Traga-me suas roupas; vou examiná-las. O que não for apropriado, darei aos Sullivans, naturalmente.

Com visível relutância, Pollyanna largou o panfleto e voltou-se para o armário.

— Receio que a senhora faça um juízo das roupas ainda pior do que o das Auxiliadoras... e elas disseram que eram vergonhosas — suspirou a menina. — Mas nos dois ou três barris havia mais coisas para rapazes e pessoas mais velhas, e... já viu o barril de doações de um missionário, tia Polly?

Quando Miss Polly voltou o olhar quase colérico para a sobrinha, Pollyanna corrigiu-se imediatamente.

— Bem, naturalmente que não, tia Polly! Esqueci-me de que as pessoas ricas nunca chegam a vê-los. Desculpe-me, mas às vezes eu me esqueço de que a senhora é rica... quando estou aqui neste quarto.

Os lábios de Miss Polly se abriram indignados... mas nenhum som foi emitido. Sem perceber o efeito que suas palavras haviam causado, Pollyanna prosseguiu.

— Bem, não se pode dizer nada sobre esses barris de missionários... a não ser que não se encontra neles o que pensamos que será encontrado... era com esses barris que ficava mais difícil jogar o jogo, porque papai e eu... — bem a tempo, Pollyanna interrompeu-se, lembrando-se de que não devia falar sobre o pai com a tia. Enfiou o rosto no armário apressadamente e apanhou todos os seus modestos vestidos nos braços.

— Eles não são bonitos, nem um pouco; e não tenho nenhum preto porque a igreja precisava do dinheiro, para comprar um tapete. Mas são tudo o que tenho...

Com as pontas dos dedos, Miss Polly examinou as roupas feitas, obviamente, para alguém que não era Pollyanna. Em seguida, examinou as roupas de baixo remendadas nas gavetas da penteadeira.

— Eu trouxe só as melhores — disse ansiosamente Pollyanna. — As Auxiliadoras me deram tudo isto. Mrs. Jones... ela era a presidente... disse que eu teria um enxovalzinho nem que eles tivessem de andar por assoalhos descobertos na igreja pelo resto de seus dias. Mas não iriam ter de fazer isso. Mr. White não gostava do barulho dos pés no chão sem tapete. Ficava nervoso, dizia sua esposa. Mas ele também tinha dinheiro e todas esperavam que ele contribuísse com boa parte do tapete... por conta de ficar nervoso. Acho que ele devia ficar contente, pois apesar de ficar nervoso, tinha dinheiro, não acha?

Miss Polly não deu mostras de estar escutando. Seu exame das roupas de baixo terminou, e ela voltou-se para Pollyanna, um tanto bruscamente.

— Você frequentou a escola, não frequentou, Pollyanna?

— Frequentei, sim, tia Polly. E pap... quer dizer, estudei em casa também.

Miss Polly franziu a testa.

— Muito bem. No outono poderá entrar para a escola daqui. Mr. Hall, o diretor, irá decidir em que classe poderá começar. Enquanto isso, quero ouvir sua leitura por meia hora, todos os dias.

— Adoro ler. Se não quiser ouvir minha leitura, fico contente em ler para mim mesma... de verdade, tia Polly. E não precisaria fazer o jogo do contente, porque gosto muito de ler para mim mesma... por causa das palavras difíceis, sabe?

— Não duvido. Estudou música?

— Não muito. Não gosto da minha música — mas gosto da música de outras pessoas. Aprendi a tocar um pouco de piano. Miss Gray, que toca na igreja, ensinou-me. Mas prefiro dizer que não aprendi nada, tia Polly.

— É bem possível — observou Miss Polly, arqueando levemente as sobrancelhas. — Apesar disso, acho que é meu dever providenciar para que aprenda pelo menos os rudimentos da música. Você costura, naturalmente.

— Sim, senhora. As Auxiliadoras me ensinaram — suspirou Pollyanna. Mas eu passei maus bocados. Mrs. Jones não acreditava em segurar a agulha como o resto das pessoas fazia para pregar botões; Mrs. White achava que o pesponto devia ser ensinado antes de fazer a bainha, e Mrs. Harriman não acreditava em ensinar a remendar, de jeito nenhum.

— Bem, não vai haver mais dificuldades desse tipo, Pollyanna. Vou pessoalmente ensinar você a costurar. Não sabe cozinhar, eu presumo.

Pollyanna riu, de repente.

— Elas começaram a ensinar-me neste verão, mas não chegamos muito longe. Estavam mais divididas aí do que em costura. Iriam começar com o pão; mas não havia duas delas que o faziam da mesma forma, portanto depois de discutir o assunto em uma aula de costura, resolveram que iriam se revezar para me ensinar... em suas próprias cozinhas, sabe? Só aprendi calda de chocolate e bolo de figo, até que... tive de parar — completou ela, com voz entrecortada.

— Calda de chocolate e bolo de figo, realmente! — escarneceu Miss Polly. — Acho que podemos corrigir isso em pouco tempo — declarou ela, parando por um instante, a pensar; depois continuou devagar: — Às nove horas, todas as manhãs, vai ler para mim durante meia hora. Antes disso usará o tempo para arrumar seu quarto. Nas quartas-feiras e nos sábados, depois das nove e meia, passará o tempo com Nancy na cozinha, aprendendo a cozinhar. Nas outras manhãs irá costurar comigo. Isso deixará as tardes para você aprender música. Naturalmente devo procurar um professor imediatamente — disse ela, erguendo-se da cadeira.

Pollyanna surpreendeu-se.

— Mas tia Polly... tia Polly, não me deixou tempo nenhum para... para viver.

— Para viver, criança? O que quer dizer com isso? Como se não vivesse o tempo todo...

— Claro, vou estar *respirando* o tempo todo que estiver fazendo essas coisas, tia Polly, mas não estarei vivendo. Respiramos o tempo todo enquanto dormimos, mas não estamos vivendo. Quero dizer... *vivendo*... fazendo as coisas que a gente quer fazer: brincar lá fora, ler (para mim mesma, é claro), escalar colinas, conversar com Mr. Tom no jardim e com Nancy, e descobrir tudo sobre as casas e as pessoas, sobre essas ruas adoráveis por onde passei ontem. Isso é o que chamo de viver, tia Polly. Só respirar não é viver!

Miss Polly ergueu a cabeça, de maneira irritada.

— Pollyanna, você *é mesmo* uma criança extraordinária! Terá seu tempo para brincar, é claro. Mas certamente me parece que, se estou disposta a cumprir meu dever em providenciar cuidados e instrução para você, deve fazer sua parte em providenciar para que esse cuidado e essa instrução não sejam desperdiçados em ingratidão.

Pollyanna pareceu consternada.

— Oh, tia Polly, eu jamais poderia ser ingrata com *a senhora*! Eu a amo... e não é apenas uma Auxiliadora, é uma *tia*!

— Muito bem, então procure não agir com ingratidão — insistiu Miss Polly, voltando-se na direção da porta.

Ela percorrera metade das escadas, quando uma voz baixa e insegura a chamou:

— Por favor, tia Polly, a senhora não disse qual das minhas coisas queria dar para caridade.

Tia Polly emitiu um suspiro cansado, que subiu direto até os ouvidos de Pollyanna.

— Ah, esqueci-me de lhe dizer, Pollyanna. Timothy vai nos levar até a cidade à uma e meia hoje à tarde. Nenhuma dessas roupas é apropriada para que uma sobrinha minha a use. Com certeza eu estaria bem distante do meu dever se a deixasse aparecer com qualquer delas.

Foi a vez de Pollyanna suspirar. Achava que ia acabar odiando aquela palavra... dever.

— Tia Polly, por favor, não há nenhum jeito de ficar contente com essa... história de dever?

— O quê? Não seja impertinente, Pollyanna — disse tia Polly, surpresa.

Em seguida, com o rosto vermelho, voltou-se e desceu as escadas.

No seu quarto do sótão, pequeno e quente, Pollyanna deixou-se cair em uma das cadeiras de espaldar reto. Para ela, a existência à frente girava ao redor do interminável dever.

— Não vejo em que fui impertinente — suspirou ela. — Eu só perguntei se ela não podia me dizer alguma coisa para que eu ficasse contente nesse negócio de dever.

Por vários minutos Pollyanna permaneceu em silêncio, com os olhos tristes postos na triste pilha de roupas sobre sua cama. Então, lentamente, levantou e começou a guardar os vestidos.

— Simplesmente não há nada para ficar contente, que eu possa ver — disse ela, em voz alta. — A não ser... ficar contente quando essa história de dever acabar.

Foi nesse ponto que ela riu, de repente.

VII. Pollyanna e os castigos

À uma e meia da tarde, Timothy levou Miss Polly e sua sobrinha até as quatro ou cinco lojas que comerciavam roupas na cidade, que ficavam a menos de um quilômetro da casa.

Dotar Pollyanna de um novo guarda-roupa provou ser uma experiência mais ou menos excitante para todos os envolvidos. Miss Polly saiu dela com a sensação de relaxamento que temos ao pisar finalmente em terra sólida, depois de uma perigosa caminhada sobre a camada fina de um vulcão. Os vários balconistas que atenderam as duas ao terminar saíram da experiência com os rostos avermelhados e histórias de Pollyanna em número suficiente para manter os amigos rindo pelo resto da semana. A própria Pollyanna terminara com sorrisos radiantes e um coração satisfeito, pois como disse ela a um dos atendentes: "Quando não se tem ninguém, a não ser barris de doações para missionários e Auxiliadoras para nos vestir, é maravilhoso entrar em algum lugar e comprar roupas novas, que não precisam ser ajustadas ou adaptadas porque não servem".

A sessão de compras consumiu a tarde inteira, depois veio o jantar e uma conversa deliciosa com o velho Tom no jardim, e outra com Nancy na entrada dos fundos, depois que os pratos estavam lavados, enquanto tia Polly retribuía uma visita a um dos vizinhos.

O velho Tom contou a Pollyanna fatos sobre sua mãe que a deixaram muito feliz, e Nancy falou sobre a pequena fazenda, a dez quilômetros de distância chamada "Corners", onde agora morava sua querida mãe, e seus igualmente queridos irmãos e irmãs. Ela prometeu que, quando Miss Polly permitisse, Pollyanna poderia ir lá conhecê-los.

— E eles têm nomes lindos também. Vai gostar dos nomes deles — suspirou Nancy. — Algernon, Florabelle e Estelle... eu odeio Nancy.

— Que coisa feia para se dizer, Nancy. Por quê?

— Porque não é bonito como os outros. A senhorita vê... eu fui a primeira filha, e minha mãe ainda não tinha começado a ler histórias com os nomes bonitos.

— Mas eu adoro Nancy, porque é você — declarou Pollyanna.

— Bah! Aposto que também podia gostar de "Clarissa Mabelle". E eu seria mais feliz. Acho esse nome lindo.

Pollyanna riu.

— Bem, de qualquer forma você deve se alegrar porque não é Hephzibah — respondeu Pollyanna.

— Hephzibah!

— Sim, o nome de Mrs. White é esse. O marido a chama de Hep, e ela não gosta. Diz que quando ele grita de longe, ela imagina que a qualquer momento vai começar a gritar "Hurra!". Por isso ela não gosta.

O rosto de Nancy se abriu em um sorriso amplo.

— Bem, isso é mesmo algo horrível. Sabe? Acho que não vou conseguir mais ouvir Nancy sem pensar em Hep, Hep! E rir. Puxa, *estou mesmo* contente — começou ela, olhando em seguida para a menina. — Miss Pollyanna, quer dizer... que estava jogando o jogo quando me disse para ficar contente por meu nome não ser Hephzibah?

Pollyanna franziu a testa. Depois riu.

— Tem razão, Nancy! Eu *estava mesmo* jogando o jogo... mas essa foi uma das vezes em que fiz isso sem pensar. Reconheço. Sabe, eu faço isso muitas vezes. Acabamos acostumando a procurar alguma coisa para se ficar contente. E na maioria das vezes existe alguma coisa para se ficar contente, se procurarmos o suficiente.

— Bem, talvez — concedeu Nancy, em tom de dúvida.

Às oito e meia Pollyanna foi para a cama. As telas ainda não tinham chegado e o pequeno quarto estava muito quente. Os olhos de Pollyanna procuraram as janelas fechadas, mas não as abriu. Retirou as roupas, dobrou-as, fez as orações, apagou a vela e foi para a cama.

Por quanto tempo ela ficou ali sem dormir, virando de um lado para outro no colchão quente, não saberia dizer; mas teve a impressão de ter passado horas antes que saísse da cama, caminhasse pelo quarto e abrisse a porta.

Fora, no saguão, tudo era de uma escuridão profunda, salvo onde a lua desenhava um caminho prateado, a meio caminho da claraboia a leste. Ignorando resolutamente a temerosa escuridão à esquerda e à direita, Pollyanna respirou rapidamente e caminhou diretamente para o caminho prateado, e para a janela.

Nutrira a esperança de que aquela janela possuísse uma tela, mas não tinha. Do lado de fora, entretanto, adivinhava um mundo de beleza mágica e também ar fresco, que refrescaria seu rosto e mãos quentes!

Ao se aproximar e espiar para fora, viu algo mais: viu, a pequena distância da janela, o amplo telhado do solário que Miss Polly mandara construir. A visão a encheu de desejo. Se ao menos pudesse dormir sobre o teto...

Temerosa, olhou para trás. Em algum lugar por ali estava seu quarto quente, e a cama ainda mais quente;

porém a separá-la do quarto estendia-se um horrível deserto de escuridão ao longo que era preciso atravessar com as mãos estendidas, enquanto à sua frente, no telhado do solário, havia o luar e o doce e frio ar noturno.

Se ao menos sua cama estivesse lá... muitas pessoas dormiam fora de casa. Joel Hartley, que estava tuberculoso, tinha de dormir fora de casa.

De repente Pollyanna lembrou-se de que tinha visto perto da janela do sótão uma longa fileira de sacos brancos pendendo da parede. Nancy dissera que continham as roupas de inverno, separadas durante o verão. Um tanto medrosamente, Pollyanna caminhou até os sacos, escolheu um bastante macio (continha o casaco de pele de foca de Miss Polly) para fazer de cama; e um suficientemente fino para ser dobrado como travesseiro, e mais um (tão fino que parecia vazio) para se cobrir. Assim equipada, Pollyanna subiu com animação outra vez à janela iluminada pelo luar, ergueu o caixilho, depois passou os sacos pela abertura, seguindo ela mesma atrás e fechando cuidadosamente a janela. Ela não esquecera as moscas com as patas que carregavam muitas coisas.

Como estava deliciosamente refrescante ali no teto do solário! Pollyanna quase dançou de alegria, sorvendo longamente porções do ar frio. O telhado de zinco sob seus pés estalava em ruídos que Pollyanna gostou muito. Na verdade ela caminhou duas ou três vezes de lado a lado. Isso lhe dava uma sensação gostosa depois do calor abafado do seu quarto; e o telhado era tão amplo e achatado que não tinha medo de cair. Finalmente, com um suspiro de contentamento, acomodou-se no colchão que continha o casaco de pele de foca, ajeitou o travesseiro, apanhou a coberta e preparou-se para dormir.

— Estou contente porque as telas não chegaram — murmurou ela, piscando para as estrelas. — Se não fosse por isso, eu não estaria aqui.

No andar de baixo, Miss Polly estava em seu quarto próximo ao solário, de roupão e chinelas, com o rosto pálido e assustado. Telefonou para Timothy, dizendo, com voz trêmula:

— Suba, você e seu pai. Tragam lanternas. Alguém está no teto do solário. Deve ter subido pela treliça e entrado na casa pela janela do sótão. Tranquei a porta da escada do sótão aqui embaixo. Apressem-se!

Algum tempo depois, Pollyanna, já em sono profundo, foi acordada por uma lanterna no rosto e um trio de expressões de surpresa. Abriu os olhos para deparar com Timothy no alto da escada, e o velho Tom passando pela janela. Sua tia vinha logo atrás, espiando por trás dele.

— Pollyanna, o que significa isto? — perguntou tia Polly.

— Mr. Tom... tia Polly! Não fique assustada! Não tenho tuberculose, como Joel Hartley. É só que fiquei com tanto calor, lá dentro, que resolvi vir para cá. Mas fechei a janela, tia Polly, para as moscas não trazerem aqueles germes para dentro.

Timothy desapareceu de repente escada abaixo. O velho Tom, com a mesma precipitação, passou sua lanterna para Miss Polly e seguiu seu filho. Ela, por sua vez, mordeu os lábios até que os dois homens saíssem... então falou com severidade:

— Pollyanna, passe-me essas coisas imediatamente e venha até aqui. Crianças... — resmungou, pouco depois, quando Pollyanna veio para perto dela.

Retornaram ao saguão. No alto das escadas, tia Polly observou com frieza:

— Pelo resto da noite, Pollyanna, você vai dormir em minha cama, comigo. As telas estarão aqui amanhã, mas até lá vou considerar meu dever mantê-la sob a minha vista.

Pollyanna segurou o fôlego.

— Com a senhora? Em sua cama? — repetiu ela, com animação. — Ah, tia Polly, tia Polly, que adorável! Como eu tenho desejado dormir com alguém... alguém que pertencesse a mim, é claro, que não fosse uma Auxiliadora. Estou contente por as telas não terem chegado. Não acha ótimo?

Não houve resposta. Miss Polly caminhava à frente. Se fosse admitir a verdade, dir-se-ia completamente indefesa. Pela terceira vez desde a chegada de Pollyanna, Miss Polly era confrontada pelo estranho fato de que o seu castigo estava sendo encarado como uma medalha de honra ao mérito. Não era de estranhar que estivesse se sentindo impotente.

VIII. Pollyanna faz uma visita

Não se passou muito tempo até que a mansão Harrington reentrasse na rotina de ordem — embora não fosse exatamente a ordem que Miss Polly imaginara a princípio. Pollyanna costurava, lia em voz alta e estudava culinária na cozinha, é verdade, porém não dedicava a nenhuma dessas coisas tanto tempo quanto fora inicialmente planejado. Possuía, também, muito mais tempo para "apenas viver", como dizia ela, pois quase toda tarde, de duas horas até as seis, o tempo era dela, para fazer o que desejasse, contanto que não fizesse coisas proibidas pela tia Polly.

Era uma questão, talvez, de saber se todo esse tempo de lazer era dado à menina como recompensa pelo trabalho... ou para livrar tia Polly de trabalhar com Pollyanna. Certamente, enquanto passavam aqueles primeiros dias de julho, Miss Polly encontrou vários motivos para exclamar "Mas que criança extraordinária", e ao fim das leituras e das lições de costura mostrava-se exausta e um pouco tonta.

Nancy, na cozinha, se dava melhor. Não ficava tonta nem exausta. As quartas-feiras e sábados se tornaram para ela dias especiais.

Não havia crianças com as quais Pollyanna pudesse brincar na vizinhança da mansão Harrington. A casa em si era nos limites externos da cidade e, embora existissem outras casas não muito distantes, não abrigavam meninos ou meninas com idade próxima à dela. Isso, entretanto, não parecia perturbar nem um pouco Pollyanna.

— Não, não me importo nem um pouco — explicou ela a Nancy. — Fico contente só de andar e ver as ruas, as casas e as pessoas. Adoro pessoas. Você não, Nancy?

— Bem, não posso dizer que adore... todas elas — respondeu Nancy, brevemente.

Quase todas as tardes de bom tempo encontravam Pollyanna ansiosa por sair a passeio; era nesses passeios que ela frequentemente encontrava "o Homem". Para si mesma, Pollyanna sempre o chamava de "o Homem", embora encontrasse uma dúzia ou mais de outros homens no mesmo dia.

O Homem usava um casaco longo e negro, além de uma cartola de seda... duas coisas que os outros homens comuns nunca usavam. Seu rosto era bem barbeado e bastante pálido, e o cabelo, aparecendo sob o chapéu, era algo acinzentado. Caminhava ereto e com bastante rapidez, e sempre estava sozinho, o que fazia que Pollyanna sentisse uma ponta de tristeza por ele. Talvez fosse por isso que um dia ela lhe tenha dirigido a palavra.

— Como vai, senhor? Não está um dia bonito? — disse ela alegremente.

O homem olhou ao redor apressadamente, depois parou, incerto.

— Falou... comigo? — perguntou ele.

— Falei, sim. Disse que está um belo dia, não acha?

Surpreso, ele resmungou algo em resposta e retomou a caminhada.

Pollyanna riu. Era um homem engraçado, aquele.

No dia seguinte viu-o outra vez.

— O dia não está tão bonito quanto ontem, mas ainda assim, está bonito — comentou ela, alegremente.

Mais uma vez ele apenas resmungou em resposta, e continuou seu caminho.

Pollyanna riu, divertida. Aquele era mesmo um homem muito engraçado.

Quando, pela terceira vez, Pollyanna encontrou com ele e fez-lhe a mesma observação, ele abruptamente parou e voltou-se para ela.

— Quem é você, menina, e por que está falando comigo todos os dias?

— Sou Pollyanna Whittier, e achei que o senhor parece muito sozinho. Estou contente que tenha parado. Agora nos apresentamos... embora eu ainda não saiba seu nome.

— Com todos os... — começou ele, interrompendo-se. Em seguida, continuou seu caminho ainda mais rapidamente do que nos outros dias.

Pollyanna o observou com certo ar desapontado, conforme o revelava a curva de seus lábios.

— Talvez ele não tenha entendido... mas foi só meia apresentação. Ainda não sei o nome dele — murmurou ela, prosseguindo seu caminho.

Naquela tarde, Pollyanna ia levar geleia de mocotó para Mrs. Snow. Miss Polly Harrington uma vez por semana mandava alguma coisa para Mrs. Snow. Ela considerava que isso era seu dever, já que Mrs. Snow era pobre, doente e membro de sua igreja, assim como era dever de todos os membros da igreja fazerem o mesmo. Miss Polly cumpria seu dever em relação a Mrs. Snow geralmente às quintas-feiras, à tarde, não pessoalmente, mas através de Nancy. Naquele dia Pollyanna suplicara esse privilégio, e Nancy prontamente cedera a ela, depois de pedir autorização a Miss Polly.

— E acho bom ter me livrado dessa tarefa — confessou ela para Pollyanna, mais tarde —, embora seja uma vergonha empurrar essa tarefa para a senhorita, coitadinha...

— Mas eu vou adorar fazer isso, Nancy.

— Bem, gostará de fazer a primeira vez — previu Nancy, com amargura —, mas depois não gostará mais.

— Por que não?

— Porque ninguém gosta. Se as pessoas não tivessem pena dela, ninguém chegaria perto dela. É muito rabugenta. Tenho pena da filha, que é obrigada a cuidar dela.

— Mas por que, Nancy?

Nancy deu de ombros.

— Bem, em poucas palavras, é que para Mrs. Snow nada está certo. Mesmo os dias da semana não a satisfazem. Na segunda-feira ela diz que preferia que fosse domingo, e se a senhorita levar geleia para ela, é provável que ela diga que preferia galinha... mas se levar galinha, ela diz que está com vontade de comer geleia!

— Que mulher engraçada — comentou Pollyanna. — Acho que vou gostar de visitá-la. Ela deve ser muito diferente e gosto de conhecer pessoas *diferentes.*

— Pois sim... bem, Mrs. Snow é diferente mesmo, quanto a isso não resta dúvida. E espero que goste, pelo bem de todos nós — concluiu Nancy, de mau humor.

Pollyanna estava pensando nessa conversa quando abriu o portão do pequeno e modesto *cottage*. Seus olhos brilhavam ante a perspectiva de encontrar Mrs. Snow.

Uma jovem pálida e com aparência cansada respondeu à batida na porta.

— Como vai? — começou Pollyanna educadamente. — Vim por parte de Miss Polly Harrington e gostaria de ver Mrs. Snow, por favor.

— Bem, se é verdade, vai ser a primeira que "gostaria" de vê-la — resmungou a garota.

Mas Pollyanna não chegou a ouvir. A menina entrou e a conduziu através do saguão para uma porta no fim do corredor.

No quarto da doente, Pollyanna piscou um pouco até acostumar os olhos à obscuridade. Então enxergou uma mulher meio sentada na cama do outro lado do aposento. Pollyanna avançou no mesmo instante.

— Como vai, Mrs. Snow? Tia Polly diz que espera que esteja bem-disposta hoje e manda-lhe um pouco de geleia de mocotó.

— Meu Deus! Geleia? Claro que fico agradecida, mas tinha a esperança de que trouxesse caldo de carneiro hoje — disse uma voz hesitante.

Pollyanna franziu a testa.

— Ah, eu pensei que era *galinha* que a senhora pedia quando as pessoas traziam geleia...

— O quê? — exclamou a doente.

— Não é nada — respondeu rapidamente Pollyanna. — Não faz a menor diferença. É só que Nancy disse que a senhora sempre queria galinha quando recebia geleia, e caldo de carneiro quando a gente trazia galinha, mas talvez seja o contrário e Nancy esteja enganada.

A mulher doente moveu-se na cama até sentar-se ereta... algo muito difícil para ela, embora Pollyanna não soubesse disso.

— Bem, senhorita Impertinência, quem é você?

Pollyanna riu com gosto.

— Meu nome não é esse, Mrs. Snow, e fico muito contente por não ser! Seria pior ainda do que Hephzibah, não seria? Sou Pollyanna Whittier, sobrinha de Miss Polly Harrington, e vim morar com ela faz pouco tempo. Por isso estou aqui com a geleia nesta manhã.

Durante toda a primeira parte da explicação, a mulher doente sentava-se ereta, mas à menção da geleia ela se deixou cair no travesseiro.

— Muito bem, obrigada. Sua tia é muito bondosa, naturalmente, mas nesta manhã meu apetite não está muito bom, e eu estava querendo caldo de carneiro — disse a doente, interrompendo-se e mudando de assunto: — Sabe, eu não dormi um segundo a noite passada... nem um segundo.

— Eu gostaria também de não poder dormir — disse Pollyanna, colocando a geleia sobre a penteadeira e acomodando-se confortavelmente na cadeira mais próxima. — Perdemos tanto tempo dormindo. Não acha?

— Perder tempo... dormindo?

— Sim, porque assim podemos aproveitar o tempo para viver, sabe? É uma pena que não possamos também viver à noite.

Mais uma vez a mulher ficou ereta na cama.

— Você é mesmo uma jovem surpreendente — disse Mrs. Snow. — Venha cá; vá até a janela e suspenda a cortina. — Quero saber como é sua aparência.

Pollyanna ergueu-se e soltou um riso um tanto nervoso.

— Meu Deus! Aí a senhora vai ver minhas sardas, não vai? E justo quando eu estava contente por estar no escuro e não ter de olhar para elas — disse Pollyanna, enquanto se voltava para a cama. — Estou contente que tenha querido me ver, porque assim pude ver a senhora! Ninguém tinha me falado que era tão bonita!

— Eu, bonita? — repetiu amargamente a velha senhora.

— Bem... é sim. Não sabia? — indagou Pollyanna.

— Não, não sabia.

Mrs. Snow havia vivido quarenta anos, e durante quinze desses quarenta anos estivera ocupada demais desejando que as coisas fossem diferentes, e não encontrara tempo para apreciar as coisas como eram.

— Seus olhos são grandes e negros, e seu cabelo é todo escuro e cacheado. Adoro cachos negros (esta é uma das coisas que terei quando for para o céu). E tem as bochechas rosadas. Sim, Mrs. Snow, a senhora é *mesmo* bonita! Seria de esperar que percebesse isso quando olhasse a si mesma no espelho.

— Espelho... — repetiu a mulher, recostando-se outra vez no travesseiro. — Bem, não tenho mesmo olhado muito no espelho nesses dias, e você também não olharia, se ficasse deitada como fico.

— Não, claro que não — concordou Pollyanna, solidária. — Mas espere um pouco, deixe-me mostrá-la a si mesma.

A menina foi até a penteadeira, apanhou um espelho portátil, e já ia retornando quando parou, observando a mulher doente, com olhar crítico.

— Se a senhora não se importar, gostaria de ajeitar seu cabelo antes que se visse no espelho — propôs ela. — Posso arrumar seu cabelo, por favor?

— Bem, suponho que sim... se quiser — concordou Mrs. Snow, relutante. — Mas não fica bem.

— Obrigada. Adoro pentear o cabelo das outras pessoas — exultou Pollyanna, abandonando o espelho e apanhando um pente. — Mas hoje vou pentear apressadamente. Quero que veja logo como é bonita. Em outra oportunidade vou fazer um trabalho perfeito.

E tocou com dedos leves o cabelo logo acima da testa. Por cinco minutos, Pollyanna trabalhou de maneira rápida, com habilidade, penteando os fios rebeldes até ficarem macios, ajeitando um cacho teimoso à nuca, afofando o travesseiro para que voltasse a ficar estufado e a cabeça assumisse uma pose melhor. Enquanto isso, a mulher franzia a testa prodigiosamente e escarnecia abertamente durante todo o processo, porém, a despeito disso, começava a sentir algo próximo a contentamento.

— Pronto! — anunciou Pollyanna, apressadamente apanhando um cravo de um vaso próximo e enfiando-o no cabelo escuro. — Considero que agora a senhora está pronta para se ver...

E estendeu o espelho para a mulher, contente.

— Humm! — grunhiu a mulher, observando, séria, sua imagem no espelho. — Gosto mais de cravos vermelhos do que de cor-de-rosa; mas por outro lado, eles desbotam, portanto, qual a diferença?

— Imaginei que ficasse contente por eles desbotarem — riu Pollyanna — porque assim pode se divertir trocando-o por outro. Eu gostei muito do penteado. A senhora não?

— Humm... pode ser. Mesmo assim... não vai durar muito, com a minha cabeça no travesseiro como costuma ficar...

— Claro que não, e fico contente por isso, também — disse Pollyanna, contente. — Porque assim podemos pentear outra vez. De qualquer forma, acho que deve ficar contente por serem negros. O negro é tão mais bonito no travesseiro do que o cabelo loiro como o meu...

— Pode ser, mas nunca valorizei os cabelos negros. Eles mostram logo o grisalho — respondeu Mrs. Snow.

Falava de maneira irritada, mas ainda segurava o espelho em frente ao rosto.

— Eu adoro cabelos negros! Ficaria muito contente se os meus tivessem essa cor — suspirou Pollyanna.

Mrs. Snow largou o espelho.

— Pois acho que não gostaria. Se fosse eu, não ficaria contente. Não gostaria de ter cabelos negros ou qualquer outra coisa... se tivesse de ficar deitada aqui como eu.

Pollyanna curvou as sobrancelhas, com um olhar pensativo.

— Bem... seria difícil mesmo, não?

— O que seria difícil?

— Ficar contente com isso.

— Ficar contente quando a gente está doente na cama o dia inteiro? Bem, acho que seria difícil, sim — respondeu Mrs. Snow. — Se acha que não, me diga o que existe para se ficar contente?

Para surpresa da enferma, Pollyanna ficou em pé e bateu palmas.

— Essa vai ser difícil, não vai? Agora preciso ir, mas no caminho vou pensando e talvez da próxima vez eu já possa ter uma resposta. Até logo. Diverti-me muito. Até logo — despediu-se ela, outra vez, já perto da porta.

— Que coisa... o que será que ela quis dizer com isso? — perguntou para si mesma Mrs. Snow, olhando para o local onde sua visitante tinha sumido.

De vez em quando apanhava o espelho e examinava seu reflexo, com ar crítico.

— Essa garota tem mesmo jeito com cabelos — murmurou ela. — Posso dizer que eu mesma não sabia que meus cabelos podiam ficar tão bonitos. Mas... para quê?

Suspirou, enfiando o espelho sob as cobertas e rolando a cabeça sob o travesseiro, com irritação.

Um pouco mais tarde, quando Milly, a filha de Mrs. Snow entrou no quarto, o espelho ainda estava entre as cobertas... cuidadosamente oculto da vista.

— Mãe, a cortina está aberta! — gritou Milly, dirigindo o olhar espantado ora para a janela, ora para o cravo no cabelo da mãe.

— Bem, está mesmo, e o que tem isso? — respondeu a enferma. — Não preciso ficar no escuro a vida inteira só porque estou doente, não é?

— Bem... não. Claro que não... — respondeu Milly, apanhando o vidro de remédio. — É que... bem, eu sempre tentei deixar o quarto mais iluminado... e a senhora nunca quis.

Não houve resposta. Mrs. Snow estava mexendo na renda de sua camisola. Finalmente, ela manifestou-se, com irritação.

— Bem, eu acho que *alguém* podia me dar uma camisola nova... em vez de tanto caldo de carneiro, para variar.

— Mãe!

O espanto de Milly não era sem motivo. Na gaveta atrás dela naquele mesmo instante havia duas camisolas novas que ela por vários meses vinha tentando fazer a mãe usar.

IX. O "Homem"

Chovia quando Pollyanna encontrou o Homem outra vez. Mesmo assim ela o cumprimentou com um sorriso.

— Não está tão agradável hoje, não é? Fico contente por não chover sempre assim — disse ela, alegremente.

O homem não grunhiu daquela vez nem voltou a cabeça. Pollyanna imaginou que ele não a escutara. No encontro seguinte (que ocorreu no outro dia) ela falou mais alto. Achou isso necessário porque ele caminhava com as mãos para trás e os olhos postos no chão, o que pareceu despropositado a Pollyanna, em virtude do belíssimo sol e do ar claro da manhã; ela, por um favor especial, estava em missão matutina.

— Como vai? Estou muito contente que hoje não seja ontem, o senhor não está também?

O homem parou abruptamente. Havia uma expressão irritada em seu rosto.

— Veja bem, garotinha, vamos acertar isso de uma vez por todas — começou ele, com impaciência. — Tenho outras coisas além do tempo para pensar. Não sei se o sol está brilhando ou não.

Pollyanna sorriu, radiante.

— Sei que não, senhor. Por isso tenho sempre de lhe dizer isso.

— O quê? Como assim? — hesitou ele, à medida que a compreensão das palavras dela o ia atingindo.

— Por essa razão é que eu lhe digo toda vez que o sol brilha. Eu sabia que ficaria contente quando parasse para pensar nisso... e o senhor não parece estar levando isso em conta!

— Bem, com todos os... — começou o homem, com um gesto de impotência. Voltou a caminhar, mas depois de dar dois passos virou-se para ela outra vez: — Por que não procura alguém de sua idade para conversar?

— Eu gostaria muito, senhor, mas não há ninguém por aqui, é o que diz Nancy. Também gosto de pessoas mais velhas, bem, pelo menos às vezes, estou acostumada com as Auxiliadoras, sabe?

— Humm... realmente... Auxiliadoras! É por elas que me toma?

Os lábios dele ameaçavam um sorriso, mas a severidade da expressão tentava manter sério o rosto.

Pollyanna riu.

— Não senhor. O senhor não parece nem um pouco com alguém de lá... não que não seja bondoso, é claro, talvez até mais — acrescentou com polidez. — Sabe... acho que, no fundo, é bem melhor do que parece.

O homem engasgou com qualquer coisa e apenas pode murmurar:

— Bem, de todas as... — começou ele. Voltou-se e continuou seu caminho.

Na encontro seguinte, Pollyanna viu que os olhos dele fitaram diretamente os dela, com uma objetividade que tornava seu rosto agradável.

— Boa tarde — cumprimentou ele, com certa rigidez. — Talvez seja melhor eu dizer logo que o sol está brilhando hoje.

— Mas não precisa me dizer isso. Eu *percebi* que o senhor sabia assim que o vi.

— Percebeu?

— Sim, senhor. Vi em seus olhos, sabe? E no seu sorriso.

Ele resmungou algo ao passar por ela e seguiu seu caminho.

Depois disso, o homem sempre conversou com Pollyanna, e muitas vezes ele tomou a iniciativa, embora geralmente dissesse pouco mais do que "boa tarde". Mesmo isso, pelo jeito, surpreendeu grandemente Nancy, que por acaso estava com Pollyanna um dia, quando trocaram cumprimentos.

— A Providência existe, Miss Pollyanna... Aquele homem *falou* com a senhorita — espantou-se ela.

— Oh, sim. Ele sempre fala... agora — sorriu Pollyanna.

— Ele sempre fala! Meu Deus! Sabe quem ele é?

A menina franziu a testa e sacudiu a cabeça, em uma negativa.

— Admito que ele se esqueceu de me dizer. Fiz a minha parte na apresentação, mas ele não.

Os olhos de Nancy se arregalaram.

— É que ele nunca fala com ninguém, menina. Chama-se John Pendleton. Mora sozinho na enorme casa em Pendleton Hill. Ele nem ao menos tem alguém para cozinhar... desce ao hotel três vezes por dia para fazer suas refeições. Conheço Sally Miner, que o serve e diz que ele mal abre a boca para dizer o que quer comer. Metade do tempo ela precisa adivinhar... só sabe que será algo *barato*. Isso ela sabe sem pensar.

Pollyanna assentiu.

— Sei disso. Precisamos procurar coisas baratas quando se é pobre. Meu pai e eu comíamos muito fora. Geralmente pedíamos feijão com almôndegas. Costumávamos dizer como éramos felizes por gostar de feijão... quer dizer, a gente repetia isso especialmente quando estávamos olhando o peru assado, que custava sessenta centavos. Mr. Pendleton gosta de feijões?

— Gostar! O que importa se ele gosta ou não? Sabe, Miss Pollyanna, ele não é pobre. Tem dinheiro sobrando. John Pendleton herdou do pai. Não existe ninguém na cidade tão rico quanto ele. Ele podia se alimentar de notas de um dólar e nem perceber.

Pollyanna riu.

— Como se alguém pudesse comer notas de um dólar sem perceber, Nancy. Pelo menos na hora de mastigar...

— Eu quis dizer que ele é rico o suficiente para fazer isso — explicou Nancy, dando de ombros. — Ele não parece querer gastar seu dinheiro, só isso. Está economizando.

— Ah, para salvar a alma dos pagãos — concluiu Pollyanna. — Que maravilhoso. É um belo sacrifício. Sei disso; meu pai me contou que algumas pessoas fazem isso...

Os lábios de Nancy chegaram a abrir-se para negar tão altas intenções, mas seus olhos, diante do rosto confiante e alegre de Pollyanna, viram algo que a fizeram emudecer.

Resmungou algo, e logo a seguir mudou de expressão.

— Mas é mesmo *estranho* ele falar com a senhorita, francamente. Não fala com ninguém e vive sozinho naquela casa enorme, cheia de riquezas, segundo dizem. Alguns dizem que é louco. Outros dizem que ele tem esqueletos no armário.

— Oh, Nancy, como ele pode guardar essas coisas horríveis? Acho que deveria jogar fora!

Nancy riu porque a menina levou ao pé da letra a expressão sobre esqueletos no armário; contudo, não corrigiu o erro.

— E *todos* dizem que ele é misterioso — continuou ela. — Em alguns anos ele faz viagens, e sempre para países quentes... Egito, Ásia e o deserto do Saara.

— Ah, é um missionário — disse Pollyanna.

Nancy riu.

— Bem, eu não diria isso, Miss Pollyanna. Quando ele volta, escreve livros... estranhos e insólitos, dizem, sobre certas coisas que encontra nesses países quentes. Mas nunca parece gastar dinheiro por aqui, pelo menos não para se divertir.

— Claro que não... se ele está economizando para doar aos pagãos. Ele é um homem divertido, e é diferente como Mrs. Snow, só que é um diferente... diferente.

— Bem, eu acho que isso ele é mesmo — riu Nancy.

— E estou muito contente por ele falar comigo — disse Pollyanna.

X. Uma surpresa para Mrs. Snow

Da próxima vez que Pollyanna foi ver Mrs. Snow, encontrou-a, como da outra vez, no quarto escuro.

— É a garotinha de Miss Polly, mãe — anunciou Milly, com voz cansada.

Em seguida Pollyanna viu-se sozinha com a inválida.

— É você, não é? Lembro-me de você. *Qualquer um* lembra-se de você, eu acho, uma vez que a tenham visto. Gostaria que tivesse vindo ontem... eu *queria você* ontem.

— É mesmo? Pois estou contente que hoje seja um dia apenas depois — riu Pollyanna, avançando pelo quarto, e colocando cuidadosamente sua cesta sobre uma cadeira. — Mas está escuro aqui, não acha? Não consigo enxergar a senhora direito... — a menina, sem hesitar, foi até a janela e abriu as persianas. — Queria ver se penteou o cabelo como fiz... ah, não penteou! Não faz mal, estou contente por não ter feito isso, assim talvez me deixe fazer... daqui a pouco. *Agora* quero que veja o que eu trouxe para a senhora.

A mulher se agitou, ansiosa.

— Grande coisa — comentou ela, apesar de voltar os olhos na direção da cesta. — Bem, o que é?

— Adivinhe! O que quer hoje? — perguntou a menina, com o rosto iluminado.

A mulher hesitou.

— Bem, eu não *quero* coisa alguma, que eu saiba. Afinal, todos têm o mesmo gosto.

Pollyanna riu.

— Pois esse é diferente! Adivinhe. Se quisesse alguma coisa, o que seria?

A mulher hesitou. Não chegou a perceber, mas estava acostumada há tanto tempo a querer o que não tinha, que afirmar antes o que ela *queria* mesmo parecia impossível... até saber o que tinha. Obviamente, entretanto, tinha de dizer algo. Aquela criança extraordinária estava esperando.

— Bem, naturalmente trouxe o caldo de carneiro.

— Eu trouxe — afirmou Pollyanna.

— Mas isso é o que eu *não quero* — suspirou a enferma. — Era a galinha que eu queria.

— Também trouxe galinha — riu Pollyanna.

A mulher voltou-se, espantada.

— Os dois?

— Isso, os dois. E mais geleia de mocotó — respondeu Pollyanna, triunfante. — Eu estava resolvida a dar o que a senhora deseja, por uma vez que fosse, então eu e Nancy fizemos tudo. É claro que só tem um pouco de cada, mas tem de todos. Fico contente que tenha preferido galinha — continuou ela, apanhando as três tigelas da cesta. — Vim pensando no caminho: o que fazer se ela disser dobradinha, ou cebolas, ou alguma coisa que eu não tenha. Não seria um desastre... depois do esforço que fiz?

Não houve resposta. A enferma ficou meio atrapalhada.

— Pronto. Vou deixar tudo aqui. Pode ser que queira caldo de carneiro amanhã — anunciou Pollyanna, arranjando as três tigelas sobre a mesa. — Como está passando hoje?

— Muito mal, obrigada — murmurou Mrs. Snow, voltando à sua atitude habitual de não escutar os outros. — Não pude tirar meu cochilo nesta manhã.

Nellie Higgins, minha vizinha do lado começou aulas de música, e os exercícios me deixaram quase maluca. Ela ficou tocando a manhã inteira, cada minuto! Não sei o que vou fazer...

— Eu sei, é horrível! Mrs. White uma vez teve esse problema... uma das Auxiliadoras, sabe? Ela tinha febre reumática, também, de modo que não podia se mover. Ela disse que poderia ter sido mais fácil se pudesse mover-se. A senhora pode?

— Posso o quê?

— Mover-se... mudar sua posição na cama quando a música fica insuportável...

Mrs. Snow encarou-a por um instante.

— Bem, claro que posso me mover... para qualquer lado...

— Então pode ficar contente por isso, não? Mrs. White, não podia. Quem tem febre reumática não pode se mover... embora queira muito, diz Mrs. White. Mais tarde ela me contou que teria ficado louca se não fosse pela audição da irmã de Mr. White... que era surda.

— A audição... da irmã do...? O que quer dizer?

Pollyanna riu.

— Bem, reconheço que não contei tudo, e esqueci-me de que não conhece Mrs. White. Sabe, a irmã de Mr. White, Miss White, era surda — completamente surda. E foi morar com eles para ajudar a tomar conta de Mrs. White e da casa. Bem, era muito difícil para eles fazerem que Miss White entendesse *qualquer coisa*, e depois disso, cada vez que o piano começava a tocar do outro lado da rua, Mrs. White ficava muito contente por *ser capaz de ouvir*. Pensava como seria ruim se ela fosse surda e incapaz de ouvir qualquer coisa, como sua cunhada. Veja, ela também estava fazendo o jogo... eu conversei com ela sobre ele.

— O... jogo?

Pollyanna bateu palmas.

— Ah, quase me esqueci... mas pensei sobre o assunto, Mrs. Snow... o que tem para ficar contente.

— Contente! O que quer dizer com isso?

— Bem, eu disse que ia pensar... não se lembra? A senhora me perguntou por que teria algo para ficar contente... quer dizer, já que tem de ficar na cama o dia inteiro.

— Oh, isso! — fez a enferma. — Sim, eu me lembro. Mas não achei que fosse levar mais a sério do que eu.

— Ah, mas eu levei, e acabei encontrando — disse Pollyanna, triunfante. — Não foi fácil. Porém sempre é mais divertido quando é difícil. E devo admitir, para ser honesta, que não consegui pensar em nada, por algum tempo. Depois entendi.

— Foi mesmo? E o que pensou?

A voz de Mrs. Snow era sarcasticamente polida.

Pollyanna respirou fundo.

— Eu pensei que pode ficar contente porque os outros não são como a senhora... porque não estão todos doentes na cama como a senhora...

Mrs. Snow a encarou, com irritação nos olhos.

— Com efeito! — exclamou ela, em tom de voz nada agradável.

— E agora vou contar como é o jogo — propôs Pollyanna, confiante —, será adorável jogar... e difícil também. Veja bem, é assim.

Ela começou a contar sua história, do barril do missionário, da boneca que não veio e das muletas. A história estava terminando quando Milly apareceu na porta.

— Sua tia está chamando a senhorita — disse ela, com solicitude. — Ela telefonou para os Harlows do outro lado da rua. Diz que está com pressa. Que a senhorita precisa ensaiar mais antes do escurecer.

Pollyanna ergueu-se, com relutância.

— Está bem, vou apressar-me — suspirou ela, e riu de repente. — Acho que eu devia estar contente por ter pernas para me apressar, não acha, Mrs. Snow?

Não houve resposta. Os olhos de Mrs. Snow estavam fechados. Mas Milly, cujos olhos estavam abertos de surpresa, viu que havia lágrimas nas faces.

— Até logo — despediu-se Pollyanna por sobre o ombro, chegando à porta. — Desculpe-me sobre o cabelo... eu queria penteá-lo. Talvez possa fazer isso da próxima vez.

Um por um, passaram-se os dias de julho. Para Pollyanna, foram dias felizes, sem dúvida. Ela sempre dizia à tia, alegremente, como foram dias felizes. Geralmente a tia respondia:

— Muito bem, Pollyanna, fico contente que tenham sido dias felizes, é claro; mas espero que tenham sido proveitosos, também... de outra forma eu teria falhado em meu dever.

Em geral Pollyanna respondia com um beijo e um abraço, algo que ainda desconcertava tia Polly; mas um dia ela disse alguma coisa. Foi durante a hora da aula de costura.

— Quer dizer que não é o suficiente então, tia Polly, que os dias sejam felizes? — indagou ela, baixinho.

— Foi o que eu quis dizer, Pollyanna.

— Têm de ser também pro-vei-to-sos?

— Certamente.

— O que é ser pro-vei-to-so?

— Bem... é isso. Ter proveito, algo para mostrar, Pollyanna. Que criança extraordinária você é.

— Então, ficar contente apenas não é pro-vei-to-so? — quis saber Pollyanna, com certa ansiedade.

— Com certeza, não.

— Oh, então a senhora não iria gostar dele! Receio que jamais chegue a apreciar o jogo, tia Polly.

— Jogo? Que jogo?

— Bem, o jogo que papai... — começou ela, levando a mão aos lábios — não é nada...

Miss Polly franziu a testa.

— Está bem por hoje, Pollyanna — disse ela, tensa.

E a aula de costura terminou.

Naquela tarde, quando Pollyanna vinha descendo de seu quarto, no sótão, encontrou a tia nas escadas.

— Oh, tia Polly, que maravilha... Estava subindo para me ver! Entre. Adoro companhia — disse ela, voltando e abrindo a porta.

Miss Polly não tivera a intenção de visitar a sobrinha. Sua ideia era apanhar um determinado xale de lã branca no baú de cedro próximo à janela do leste. Mas para sua surpresa, encontrou-se não no saguão em frente ao baú, mas no pequeno quarto de Pollyanna, acomodada em uma das cadeiras de espaldar reto... Desde que Pollyanna viera, Miss Polly muitas vezes encontrara-se fazendo alguma coisa inesperada, bem diferente do que pretendera e se preparara para fazer.

— Adoro companhia — disse Pollyanna outra vez, como se estivesse recebendo em um palacete. — Especialmente agora que tenho esse quarto, só meu. Antes, é claro, eu tinha um quarto... alugado, mas os quartos alugados não são nem metade agradáveis do que os que possuímos, não é mesmo? É claro que possuo mesmo este quarto, não é?

— Bem... sim, Pollyanna — respondeu Miss Polly, perguntando-se por que ela não subira e fora direto procurar o xale.

— E *agora* eu amo este quarto, mesmo que não tenha os tapetes, cortinas e quadros que imaginei... — corando, Pollyanna interrompeu-se, quando foi interrompida pela tia:

— O que foi que disse, Pollyanna?

— Nada, tia Polly. Eu não quis dizer isso...

— Provavelmente, não. Mas disse, e agora suponho que devamos escutar o restante.

— Mas não era nada, não... só que eu estive esperando tapetes bonitos, cortinas de renda e essas coisas, sabe? Mas naturalmente...

— Esperando?

— Sei que não devia, tia Polly, é claro... — desculpou-se a menina. — Foi só porque sempre quis e nunca tive, eu suponho. Bem, tivemos dois tapetes em dois dos barris, mas eram pequenos; um deles tinha manchas de tinta e o outro tinha buracos. E teve também aqueles dois quadros; o que estava bom... e vendemos, e o ruim, que quebrou. Certamente eu não os teria desejado se não fossem bonitos, é o que quero dizer. Eu não devia ter entrado aqui planejando desde o saguão naquele primeiro dia, pensando em como seriam bonitas minhas coisas aqui... mas tia Polly, não passou de um minuto... quero dizer, alguns minutos, antes que eu ficasse contente pelo fato de a mesa não ter um espelho, porque assim não tinha de ver minhas sardas; e de perceber que não havia quadro mais bonito do que o que estava fora da minha janela. A senhora tem sido tão boa para mim, que...

Miss Polly levantou-se. Seu rosto estava avermelhado.

— É o suficiente, Pollyanna. Disse o bastante, com certeza — declarou ela.

No instante seguinte, ela descia as escadas... e só quando chegou ao andar de baixo é que se lembrou de que subira ao sótão para procurar seu xale branco de lã, no baú de cedro, junto à janela.

Menos de vinte e quatro horas depois, Miss Polly dizia a Nancy:

— Nancy, você pode trazer as coisas de Miss Pollyanna para o andar de baixo de manhã, para o quarto que fica diretamente embaixo de onde ela está. Resolvi que minha sobrinha vai dormir lá agora.

— Sim, senhora — respondeu Nancy, em voz alta. "Que maravilha!", disse para si mesma.

Para Pollyanna, um minuto mais tarde, anunciou alegremente:

— Não vai achar que é brincadeira, Miss Pollyanna. Agora vai passar a dormir no andar de baixo, no quarto imediatamente abaixo deste. Pollyanna empalideceu.

— Quer dizer que... Nancy, não brinque... de verdade, mesmo?

— De verdade — confirmou Nancy, exultante, fazendo sinal afirmativo com a cabeça para Pollyanna à frente dos vestidos que retirava do armário. — Ela me disse para trazer para baixo suas coisas e é o que pretendo fazer, antes que ela tenha uma chance de mudar de ideia.

Pollyanna não parou nem para escutar o final da sentença. Ao risco eminente de cair de cabeça, descia as escadas, dois passos de cada vez. Deixou duas portas baterem e uma cadeira foi derrubada, antes de chegar a seu objetivo final: tia Polly.

— Oh, tia Polly, tia Polly, é de verdade? Puxa, este quarto tem *tudo* — o tapete, as cortinas e três quadros... além daquele meu, da janela de cima, que é o mesmo. Oh, tia Polly!

— Muito bem, Pollyanna. Estou grata que tenha gostado da mudança, e se aprecia tanto todas essas coisas, espero que tome conta delas; só isso. Agora, por favor, endireite a cadeira que caiu, e lembre-se de que bateu duas portas no caminho.

Miss Polly usou de seriedade, principalmente porque, por algum motivo inexplicável, sentia-se inclinada a chorar. E não costumava sentir essa vontade.

Pollyanna apanhou a cadeira.

— É verdade, bati as portas... aquelas portas — admitiu ela alegremente. — Acabei de descobrir sobre o quarto, e penso que a senhora teria batido portas também se... — Pollyanna interrompeu-se e olhou a tia com novo interesse. — Tia Polly, a senhora *nunca* bateu portas?

— Espero que não, Pollyanna — respondeu Miss Polly, empertigada.

— Mas que tristeza, tia Polly.

O rosto de Pollyanna expressava apenas compaixão divertida.

— Que tristeza? — repetiu tia Polly.

— É que... se a senhora já tivesse sentido vontade de bater portas, teria batido, é claro; se não sentiu, isso deve significar que não ficou contente com nada a esse ponto... ou as teria batido. Não teria conseguido evitar. Sinto muito que não tenha se sentido contente assim a respeito de coisa alguma.

— Pollyanna!

Mas a menina já havia saído, e apenas os ruídos nos degraus da escada do sótão davam testemunho de sua presença. Pollyanna fora ajudar Nancy a trazer para baixo "suas coisas".

Miss Polly, na sala, sentiu-se vagamente perturbada, mas por outro lado, naturalmente já *estivera contente*... a respeito de algumas coisas.

XI. Apresentando Jimmy

Agosto chegou trazendo muitas surpresas e também algumas mudanças... nenhuma delas, entretanto, foi realmente uma surpresa para Nancy, que, desde a chegada de Pollyanna, não se surpreendia com mais nada.

A primeira novidade foi o gatinho.

Pollyanna encontrou um pobre gatinho miando de dar dó a certa distância estrada abaixo. Quando as perguntas sistemáticas aos vizinhos não revelaram ninguém que o reclamasse, Pollyanna o levou para casa, em um gesto natural.

— E fiquei contente em não achar nenhum dono — disse ela à tia — porque o tempo todo eu o queria trazer para casa. Adoro gatinhos. Sabia que a senhora ficaria contente em deixá-lo morar aqui.

Miss Polly olhou para o pobre animalzinho cinza nos braços de Pollyanna e estremeceu. Ela não se interessava por gatos... nem mesmo os que eram bonitos, limpos e saudáveis.

— Ugh... Pollyanna! Que bichinho imundo! E está doente, tenho certeza. E todo sarnento e com pulgas.

— É verdade, coitadinho... — disse Pollyanna, olhando os olhos assustados da criaturinha. — E também está tremendo, está assustado. É que ele ainda não sabe que vamos ficar com ele.

— Não, isso não! — disse Miss Polly, enfaticamente.

— Sim, sim — acrescentou Pollyanna, entendendo de outra forma as palavras da tia. — Eu disse a todos que iríamos ficar com ele, se não encontrássemos o dono. Eu sabia que a senhora ficaria contente em tê-lo, o coitadinho...

Miss Polly abriu a boca e tentou falar, mas em vão. O curioso sentimento de impotência, que tão frequentemente parecia avizinhar-se desde a chegada de Pollyanna agora parecia influenciá-la mais de perto.

— É claro que eu sabia — apressou-se em dizer Pollyanna — que a senhora não deixaria um gatinho órfão e sem moradia ficar à procura de uma casa, logo a senhora, que é tão boa e me acolheu; foi o que eu disse para Mrs. Ford quando ela me perguntou se a senhora me deixaria ficar com o gatinho. Porque eu tinha as Auxiliadoras e o gatinho não tem ninguém. Sabia que a senhora ia dizer sim — concluiu ela, alegremente, correndo para fora da sala.

— Mas Pollyanna, Pollyanna! Eu não... — começou Miss Polly.

Porém Pollyanna já se encontrava a meio caminho da cozinha.

— Nancy, Nancy, venha ver esse gatinho lindo que tia Polly vai adotar comigo — dizia a menina.

Tia Polly, na sala de estar, ela que detestava gatos, recostou-se na cadeira com uma exclamação abafada, incapaz de reagir.

No dia seguinte foi um cão, talvez ainda mais sujo e mais abandonado do que o gatinho; mais uma vez, tia Polly, para o próprio espanto, viu a si mesma exposta como uma protetora bondosa e anjo dos animais — um papel que Pollyanna não hesitava em atribuir a ela como algo natural. A mulher, que odiava cães ainda mais do que detestava gatos, se é que isso era possível, encontrou-se na mesma posição do dia anterior, impotente para protestar.

Entretanto, quando, em menos de uma semana, Pollyanna trouxe para casa um garotinho andrajoso, e cheia de confiança pleiteou proteção para ele, Miss Polly resistiu. O caso foi assim. Em uma agradável manhã de quinta-feira, Pollyanna ia levando geleia de mocotó mais uma vez para Mrs. Snow, a qual havia se tornado uma grande amiga. Essa amizade havia começado na terceira visita que Pollyanna fizera, uma visita depois que a menina lhe ensinara o jogo. A própria Mrs. Snow agora fazia o jogo. Na verdade ela não o jogava muito bem... ficara triste por tempo demais para que fosse fácil encontrar motivos para ficar contente agora. Porém, sob a alegre orientação de Pollyanna e rindo dos erros cometidos, a enferma aprendia cada vez mais rápido. Naquele mesmo dia, para contentamento de Pollyanna, ela dissera que estava contente por a menina ter trazido geleia de mocotó, porque era exatamente o que ela queria... mas não era verdade, pois antes de a menina entrar no quarto esta já soubera por Milly que a esposa do pastor enviara, naquele dia, uma grande tigela do mesmo tipo de geleia.

Pollyanna estava pensando nisso quando repentinamente viu o menino. Ele estava sentado em um monte desolado à beira da estrada, entalhando um graveto.

— Olá — cumprimentou Pollyanna com animação.

O menino olhou para cima, e voltou em seguida os olhos para seu trabalho.

— Olá — murmurou ele.

Pollyanna riu.

— Você não parece que ficaria contente nem com geleia de mocotó — disse ela, continuando a rir, parada em frente dele.

O menino agitou-se, pouco à vontade, lançou a ela um olhar surpreso, e começou a entalhar seu graveto com um canivete de lâmina quebrada.

Pollyanna hesitou, depois se deixou cair confortavelmente na grama, perto dele. A despeito da corajosa declaração de que "estava acostumada com as Auxiliadoras" e que "não se importava", ansiava pela companhia de gente da sua idade. Assim, movida pela determinação, procuraria extrair o máximo daquele menino que ali se encontrava.

— Meu nome é Pollyanna Whittier. Qual é o seu?

Novamente o menino agitou-se. Deu a impressão de que iria levantar-se, porém relaxou outra vez.

— Jimmy Bean — declarou ele, com indiferença.

— Ótimo. Agora já fomos apresentados. Fico contente que tenha dito o seu nome... alguns não o fazem, sabia? Moro na casa de Miss Polly Harrington. Onde você mora?

— Em nenhum lugar.

— Em nenhum lugar! Mas não se pode fazer isso... todos vivem em um lugar — afirmou Pollyanna.

— Bem, pois eu não. Estou procurando uma casa nova.

— Oh, e onde é?

O garoto olhou de modo desdenhoso para ela.

— Boba! Se eu soubesse onde é, não estaria procurando.

Pollyanna inclinou um pouco a cabeça. Aquele não era um garoto educado, e ela não gostava de ser chamada de "boba". Continuou, apesar disso:

— Onde você morava antes? — indagou ela.

— Puxa... você deve ser a campeã dos perguntadeiros! — suspirou o rapazinho, impaciente.

— Tenho de ser — respondeu Pollyanna, com calma. — Do contrário, não ia descobrir coisa alguma sobre você. Se falasse mais, eu não precisaria perguntar tanto.

O menino deu uma gargalhada curta. Foi uma gargalhada tímida, mas o rosto dele parecia mais agradável quando falou.

— Muito bem, lá vai! Sou Jimmy Bean, e tenho dez anos de idade, vou fazer onze. Vim no ano passado para morar no Orfanato, mas eles tinham tantas crianças, de modo que não tinham espaço para mais um, mas eu não queria mesmo, de qualquer modo. Então desisti. Vou morar em algum outro lugar... um lugar comum, sabe como é... com uma mãe, em vez de uma diretora. Quem tem casa, tem parentes e eu não tenho parentes desde que... meu pai morreu. Então agora estou procurando uma casa. Tentei quatro casas, mas eles não me quiseram, embora eu tivesse me oferecido para trabalhar. Pronto! É isso o que queria saber? — concluiu ele, a voz falhando nas duas últimas sentenças.

— Que pena, nenhuma das casas quis você? Meu Deus! Sei como se sente, porque depois... depois que meu pai morreu não tinha ninguém a não ser as Auxiliadoras para mim, até que a tia Polly disse que... — Pollyanna interrompeu-se.

Uma ideia maravilhosa começou a formar-se em sua mente e a estampar-se em seu rosto.

— Ah, eu acho que eu conheço o lugar certo para você — disse ela. — A tia Polly pode aceitar você... sei que vai aceitar. Ela não aceitou a mim? E não aceitou Fluffy e Buff, que não tinham nenhum lugar para ir? E eram só um gato e um cachorro. Venha, sei que tia Polly vai aceitar você! Não faz ideia de como ela é boa e generosa...

O rosto de Jimmy Bean iluminou-se.

— Verdade? Será que ela aceitaria? Eu trabalharia, sabe? E sou bem forte — disse ele, mostrando o braço franzino.

— Claro que ela aceita! Puxa, minha tia Polly é a mulher mais boazinha do mundo, agora que minha mãe partiu para ser um anjo no céu. E existem muitos quartos, montes de quartos — continuou ela, ficando em pé e puxando-o pelo braço. — É uma casa muito grande. Porém, talvez você tenha de dormir no quarto do sótão. Foi o que fiz, a princípio. Mas agora temos telas nas janelas, não fica tão quente, e as moscas não conseguem entrar, para trazer todos aqueles germes nas patinhas. Sabia disso? Talvez, se você se comportar, ela o deixe ler o livro. E você também tem sardas — acrescentou ela, com um olhar crítico —, então pode ficar contente por não haver nenhum espelho; e o quadro do lado de fora é mais bonito do que qualquer pintura pendurada na parede poderia ser, então não vai se importar em dormir no quarto, tenho certeza — concluiu Pollyanna, parando para recuperar o fôlego.

— Nossa! — exclamou Jimmy Bean, admirado, mas sem entender bem. — Acho que quem fala tanto assim, correndo, não precisa perguntar coisas para preencher o tempo.

Pollyanna riu.

— Bem, de qualquer jeito, pode se alegrar com isso. Enquanto falo, você não precisa falar.

Quando chegaram a casa, Pollyanna, sem hesitação, levou seu companheiro diretamente à presença da espantada tia.

— Tia Polly, veja! Tenho aqui alguma coisa que é muito melhor do que Fluffy e Buff para se criar. É um menino de verdade. Ele não se importará nem um pouco em dormir no sótão, e diz que pode trabalhar; só que eu acho que vou precisar dele a maior parte do tempo para brincar.

Miss Polly ficou pálida, depois muito vermelha. Ela não chegou a entender completamente; mas pensou ter entendido o suficiente.

— Pollyanna, o que significa isso? Quem é esse menininho sujo? Onde o encontrou? — indagou ela incisivamente.

O "menininho sujo" recuou um passo e olhou na direção da porta. Pollyanna riu.

— Oh, acabei esquecendo-me de lhe dizer o nome dele! Fui tão distraída quanto o Homem. E está sujo mesmo, não está? Assim como estavam Fluffy e Buff, antes que os acolhesse. Mas ele pode melhorar muito se tomar um banho, assim como os dois fizeram e, ah, quase me esqueci de novo. Esse é Jimmy Bean, tia Polly.

— Certo, e o que ele está fazendo aqui?

— Bem, tia Polly, acabei de contar — os olhos de Pollyanna se arregalaram de surpresa. — Eu o trouxe para a senhora. Eu o trouxe para casa, assim ele pode morar aqui. Ele quer uma casa e parentes. Eu lhe disse o quanto a senhora é boa para mim, e para Fluffy e Buff, e que eu sei que seria também para ele, porque ele vale muito mais do que gatos e cachorros.

Miss Polly deixou-se cair na cadeira e ergueu a mão trêmula para a garganta. A velha impotência ameaçava outra vez tomar conta dela. Com um esforço perceptível, entretanto, Miss Polly trouxe o corpo para a posição ereta.

— Já chega, Pollyanna. Esta é a coisa mais absurda que já fez. Como se gatos vadios e cães sarnentos não fossem o suficiente, precisava trazer para casa mendigos maltrapilhos da rua, que...

O menino agitou-se. Seus olhos faiscaram e o queixo ergueu-se. Com dois passos das pernas curtas e musculosas ele enfrentou Miss Polly sem demonstrar medo.

— Não sou um mendigo, senhora. E não quero nada da senhora. Estava à procura de trabalho, para pagar a casa e a comida. Não teria vindo à sua casa, se a menina aqui não tivesse me dito que a senhora estava com vontade de me acolher, que era boa e caridosa — e saiu da sala com uma dignidade que teria sido absurda se não fosse digna de pena.

— Ah, tia Polly, pensei que fosse ficar *contente* em ter ele aqui! Imaginei que fosse ficar contente!

Miss Polly ergueu a mão com um gesto peremptório de silêncio. Os nervos dela finalmente cederam. As palavras do menino — "boa e caridosa" — ainda ressoavam em seu ouvido, e a incapacidade de resistir vinha de novo. Ainda assim ela reuniu o último átomo de força de vontade que lhe restava.

— Pollyanna! É possível parar de usar a palavra "contente". "Contente", "contente", é "contente" de manhã até a noite, até me deixar louca!

O queixo de Pollyanna caiu, de espanto puro.

— Oh, tia Polly, achei que ficar contente de me ver cont... — ela se interrompeu, levando a mão à boca e correndo para fora do aposento.

Antes que o garoto alcançasse o fim da entrada da casa, Pollyanna o alcançou.

— Menino! Menino! Jimmy Bean, quero que saiba que sinto muito — disse ela, segurando-o com uma das mãos.

— Não precisa pedir desculpas, não a estou culpando — respondeu o menino, sério. — Mas não sou mendigo!

— Claro que não é! Mas não deve culpar minha titia — disse Pollyanna. — Provavelmente não fiz a apresentação direito. Reconheço que não disse a ela tudo o que você é. Ela *é* bondosa, na verdade... sempre foi; eu provavelmente não expliquei direito as coisas. Mas gostaria de lhe achar um lugar.

O menino deu de ombros e voltou-se.

— Não se importe. Acho que posso encontrar um lugar sozinho. Não sou mendigo, sabe?

Pollyanna estava franzindo a testa, pensativa. De repente voltou-se, o rosto iluminado.

— Veja, vou dizer o que *vou fazer*! As Auxiliadoras Femininas têm uma reunião esta tarde. Escutei tia Polly dizer isso. Então posso falar do seu caso para elas. Era o que meu pai sempre fazia, quando queria alguma coisa... educar os pagãos ou tapetes novos.

O menino voltou-se, decidido.

— Não sou pagão nem um tapete novo. Além disso, o que são Auxiliadoras Femininas?

Pollyanna o olhou com desaprovação.

— Jimmy Bean, onde foi criado, para não conhecer as Auxiliadoras Femininas?

— Bem, se não quer dizer... — disse o rapaz, voltando-se e começando a afastar-se, com indiferença.

Pollyanna adiantou-se para o lado dele.

— Bem, são várias senhoras que se encontram para costurar, dar jantares, levantar dinheiro e conversar; são as Auxiliadoras Femininas. São muito bondosas. Quer dizer, pelo menos eram assim onde eu morava... aqui ainda não as vi, mas elas são sempre boas. Vou falar com elas hoje à tarde.

Mais uma vez, o rapaz pareceu decidido.

— Não vai, não! Talvez pense que vou ficar em volta de um monte de mulheres que vão me chamar de mendigo, em vez de uma só. Muito obrigado!

— Mas não vai estar lá. Vou sozinha, para falar com elas — argumentou Pollyanna.

— Faria isso?

— Sim, e agora farei direito — apressou-se Pollyanna em responder, vendo os sinais de alento no rosto do menino. — E algumas delas, sei que ficariam felizes em dar-lhe um lar.

— Eu trabalho, não se esqueça de dizer isso — disse ele.

— Claro que não. E amanhã contarei o resultado — prometeu ela, contente.

— Onde?

— Lá na estrada, onde eu o encontrei hoje. Perto da casa de Mrs. Snow.

— Certo. Estarei lá — o menino fez uma pausa antes de continuar: — Talvez seja melhor eu voltar ao Orfanato, para passar a noite. Sabe, não tenho nenhum outro lugar para ficar. Saí hoje de manhã. Fugi. Não avisei a ninguém que voltaria, mas eles pouco se importam. Não são como parentes, sabe? Não se importam!

— Eu sei. Mas tenho certeza, quando nos encontrarmos amanhã, terei uma casa, com pessoas que se importam com você. Até logo — despediu-se ela alegremente, retornando para o interior da casa.

Na janela da sala, nesse momento, Miss Polly, que estivera observando as duas crianças, seguiu com olhos sombrios o rapaz até que ele desaparecesse na curva da estrada. Então suspirou, voltou-se e caminhou em silêncio para o andar de cima. Em seu coração havia um peso, uma tristeza... como se tivesse perdido alguma coisa.

XII. Perante as auxiliadoras femininas

O almoço, ao meio-dia, na casa dos Harrington, foi uma refeição silenciosa no dia da reunião das Auxiliadoras Femininas. Pollyanna tentou conversar, mas não teve muito sucesso; interrompeu por quatro vezes a palavra "contente" pela metade, sentindo-se corar, pouco à vontade. Na quinta vez em que isso se repetiu, tia Polly moveu a cabeça com ar cansado.

— Vamos, criança, se quiser falar, pode falar — suspirou ela. — É melhor que fale do que fique em silêncio...

— Muito obrigada. Acho que seria mesmo muito difícil não falar "contente". Sabe, faz tempo que jogo o jogo.

— Como assim? — quis saber tia Polly.

— Jogar o jogo, sabe? Que pap... — aí Pollyanna parou, reprimindo a si mesma por pisar novamente em terreno proibido.

Tia Polly franziu a testa e não disse mais nada. O restante da refeição foi feito em silêncio.

Pollyanna não se recriminou por ter escutado o telefonema da tia Polly; ela falara com a mulher do pastor, avisando que não iria à reunião das Auxiliadoras Femininas naquela tarde, alegando dor de cabeça. Quando subiu para seu quarto e fechou a porta, Pollyanna tentou sentir pena da dor de cabeça; mas não conseguiu deixar de ficar contente pela ausência da tia naquela tarde, quando fosse apresentar o caso de Jimmy Bean perante as Auxiliadoras. Não conseguia esquecer-se de que tia Polly havia chamado Jimmy Bean de pequeno mendigo, e não queria que ela repetisse tudo diante das Auxiliadoras.

Pollyanna sabia que a reunião seria realizada às duas horas na capela ao lado da igreja, a meio quilômetro de sua casa. Planejou sua ida de modo a estar lá pouco depois de três horas.

— Quero que todas estejam lá — disse para si mesma. — A que não estiver pode ser exatamente a que desejaria dar a Jimmy Bean um lar; e, além disso, para as voluntárias, duas horas queriam dizer na verdade, três.

Em silêncio, mas confiante, Pollyanna subiu os degraus da capela, abriu a porta e entrou no vestíbulo. Um som suave de conversa e risos femininos vinha da sala principal. Hesitando apenas por um breve instante Pollyanna abriu uma das portas internas.

A conversa morreu para ceder lugar a um murmúrio de surpresa. Pollyanna avançou, com certa timidez. Agora que o momento chegara, sentia-se indesejavelmente tímida. Afinal de contas, aqueles rostos meio estranhos, meio familiares ao seu redor, não eram os mesmos das Auxiliadoras Femininas.

— Como vão, voluntárias? — iniciou ela, com polidez. — Sou Pollyanna Whittier. Acho que algumas das senhoras, talvez, me conheçam. De qualquer forma, conheço as senhoras... só não tinha visto todas juntas assim.

O silêncio podia quase ser sentido agora. Algumas das senhoras conheciam a extraordinária sobrinha de um dos membros, e quase todas já haviam escutado falar dela. Mas nenhuma delas pensou em algo para dizer naquele instante.

— Eu... eu vim para... apresentar um caso — disse Pollyanna, depois de hesitar um instante, usando inconscientemente as mesmas palavras que o pai usava em tais ocasiões.

Houve um leve agitar no aposento.

— Foi sua tia que a mandou? — perguntou Mrs. Ford, a esposa do pastor.

Pollyanna corou um pouco.

— Não. Vim por mim mesma. Sabem, estou acostumada com as reuniões das voluntárias Auxiliadoras. Fui criada por elas... além de meu pai.

Alguém deu um risinho, e a esposa do pastor fechou o rosto e disse:

— Sim, meu bem. O que é?

— Bem... é Jimmy Bean — suspirou Pollyanna. — Ele não tem casa, exceto o orfanato, que está cheio, e ninguém o quer. Pelo menos é o que ele pensa; então ele quer outra casa. Quer uma casa comum, que tenha uma mãe em vez de uma supervisora... parentes, enfim, que se importem. Ele tem dez anos e vai fazer onze. Achei que uma das senhoras poderia gostar dele para morar com ele...

— É mesmo? — disse uma voz, quebrando o silêncio que se seguiu, às palavras de Pollyanna.

Com o olhar ansioso a menina varreu o círculo de rostos ao seu redor.

— Ah, esqueci-me de dizer: ele quer trabalhar — completou ela, ansiosa.

De novo, houve silêncio; então, friamente, uma ou duas mulheres começaram a questioná-la. Depois de algum tempo todas conheciam a história e começaram a falar entre si, ruidosamente, em um alarido estridente.

Pollyanna escutava com ansiedade crescente. Alguma coisa ela não entendeu. Percebeu, depois de algum tempo, que não havia nenhuma mulher que o queria, embora cada mulher parecesse pensar que alguma das outras poderia ficar com ele. Mas não houve ninguém que concordasse em ficar com ele. Então ouviu a voz da esposa do pastor, que timidamente sugeriu que elas, como sociedade, poderiam assumir o apoio à educação dele em vez de mandar tanto dinheiro todos os anos para os meninos na Índia.

Muitas senhoras opinaram, e várias delas o fizeram falando ao mesmo tempo, ainda mais alto e desagradável do que antes. Parece que a sociedade delas era famosa por enviar dinheiro para as missões na Índia, e muitas disseram que ficariam mortificadas se mandassem menos dinheiro naquele ano. Muito do que foi dito naquele instante, Pollyanna não pôde entender, pois lhe pareceu que não se importavam em absoluto com a aplicação do dinheiro, e sim que a sociedade figurasse em primeiro lugar em um certo relatório... Mas era tudo confuso e nada agradável, por isso Pollyanna ficou contente ao se encontrar do lado de fora, respirando ar fresco, embora tivesse ficado também muito triste por compreender que não seria fácil, e até seria triste, dizer a Jimmy Bean no dia seguinte que as Auxiliadoras Femininas resolveram mandar todo o seu dinheiro para criar meninos na Índia, em vez de criar um menino em sua cidade natal, coisa da qual não teriam nem um pouco de "crédito no relatório", segundo aquela senhora alta, de óculos.

— Não que não seja bom mandar dinheiro aos pagãos, e eu não queira que mandem dinheiro para lá — murmurou para si mesma. — Mas é que elas agem como se os meninos daqui não importassem em absoluto, só os que estão distantes. Eu, pelo menos, acho que seria melhor ver Jimmy Bean crescer do que apenas examinar números em um relatório.

XIII. Em Pendleton Woods

Pollyanna não seguiu para casa depois de sair da capela. Em vez disso, voltou-se para a colina de Pendleton. Fora um dia difícil, e como fosse um dia de "folga" (como chamava ela os dias em que não tinha aulas de costura ou de cozinha), pensou que nada lhe faria tão bem quanto uma caminhada pela quietude verde de Pendleton Woods. Subiu, portanto, a colina com passo firme, apesar do sol em suas costas.

— Não tenho de voltar para casa até as cinco, de qualquer forma — disse para si mesma. — E é muito mais agradável caminhar pelo bosque, embora eu tenha de subir até o morro.

A paisagem de Pendleton Woods era muito bonita, conforme Pollyanna sabia por experiência. Porém, naquele dia parecia melhor do que nunca, comparado à decepção que teria de dar a Jimmy Bean no dia seguinte.

— Gostaria que elas estivessem aqui, todas aquelas senhoras que falam tão alto — disse Pollyanna para si mesma, erguendo os olhos para as manchas de azul vívido entre o verde das copas iluminadas pelo sol. — Se estivessem aqui, creio que mudariam de ideia e aceitariam Jimmy Bean como filho — concluiu Pollyanna, com certeza daquilo, embora não soubesse explicar o porquê.

De repente, Pollyanna ergueu a cabeça e apurou os ouvidos. Um cão latira a uma determinada distância à frente. Um momento depois, ele se aproximou, ainda latindo.

— Oi, cãozinho... oiiii! — fez Pollyanna, estalando os dedos para o cão, e olhando esperançosa para o caminho.

Vira aquele cão apenas uma vez antes, acompanhando o Homem, John Pendleton. Agora procurava com o olhar, na esperança de vê-lo. Por alguns minutos, olhou ao redor, ansiosa, mas ele não apareceu. Então Pollyanna voltou a atenção para o cão.

Este, ao que ela podia ver, estava agindo de maneira estranha. Latia como se desse alarme de alguma coisa. Corria aflito, para a frente e para trás, no caminho à frente. Subitamente o cão se lançou em seu caminho, ganindo e latindo.

— Ei, este não é o caminho de casa... — riu Pollyanna, conservando-se na trilha principal.

O cãozinho parecia frenético agora. Vibrava de um lado para outro, entre Pollyanna e a estrada lateral, latindo e ganindo de dar dó. A cada estremecimento do corpo, os olhos castanhos se prendiam aos dela, em um pedido mudo e eloquente... tão eloquente que Pollyanna entendeu e o seguiu.

Logo adiante o desespero do cãozinho aumentou, e não se passou muito tempo antes que Pollyanna percebesse o motivo para tudo aquilo: um homem, imóvel, ao pé de um monte íngreme de pedras, a alguns metros do caminho lateral.

Um galho estalou sob o pé de Pollyanna, e o homem voltou sua cabeça. Com um grito de preocupação, ela correu para lá.

— Mr. Pendleton! Está ferido?

— Ferido? Não... só estou fazendo a sesta ao sol... — respondeu o homem, com certa irritação. — O que sabe? O que pode fazer? Tem juízo nessa sua cabecinha, menina?

Pollyanna prendeu a respiração, com um som abafado, mas, conforme era seu costume, respondeu literalmente às perguntas, uma de cada vez.

— Bem, Mr. Pendleton, não sei muita coisa, e não posso fazer muitas coisas, mas a maior parte das Auxiliadoras, a não ser Mrs. Rawson, diz que tenho bom-senso. Eu as ouvi dizerem isso um dia, mas elas não sabem que escutei.

O homem sorriu debilmente.

— Então escute aqui, criança, desculpe-me os modos. Estou com a perna machucada. Agora escute com atenção — disse ele, com certa dificuldade, movendo a mão para o bolso traseiro da calça, apanhando ali um molho de chaves, separando uma entre o polegar e o indicador. — Perto de cinco minutos daqui, diretamente por este caminho, está minha casa. Esta chave vai abrir a porta lateral sob a *porte-cochère*. Sabe o que é *porte-cochère*?

— Sim senhor. Minha tia tem uma com um solário sobre ele. Foi nesse telhado que dormi... só que não dormi... eles me encontraram e...

— Preste atenção — interrompeu ele. — Quando entrar na casa vá direto através do vestíbulo e do saguão até a porta ao final do corredor. Sobre a grande escrivaninha no meio da sala, vai encontrar um telefone. Sabe usar um telefone?

— Sei, sim senhor. Uma vez, quando tia Polly...

— Não se importe com tia Polly agora — disse o homem, fazendo uma careta ao tentar mover-se um pouco. — Procure o número do Dr. Thomas Chilton em uma lista que vai encontrar em algum lugar por lá. Suponho que reconhecerá uma lista de telefone, se vir uma em sua frente, não?

— Sim, senhor. Adoro a da tia Polly. Existem tantos nomes esquisitos, e...

— Diga ao Dr. Chilton que John Pendleton está no sopé da pilha de pedras Little Eagle, em Pendleton Woods, com a perna quebrada. Peça para ele vir imediatamente com uma maca e dois homens. Ele saberá o que fazer. Diga-lhe para vir pelo caminho que sai da casa.

— Uma perna quebrada? Oh, Mr. Pendleton, que coisa péssima! — estremeceu Pollyanna. — Mas estou muito contente por eu ter vindo até aqui. Será que não posso ajudá-lo...

— Pode sim... Vai fazer exatamente o que pedi e parar de falar, não vai? — murmurou ele, debilmente.

Com um soluço, Pollyanna saiu para fazer o que lhe fora pedido. Não se deteve para olhar as manchas azuis de céu entre as copas das árvores nem o dia ensolarado. Manteve os olhos no solo para certificar-se de que nenhum galho fizesse seus pés apressados tropeçarem.

Não se passou muito tempo até que a casa entrasse em seu campo de visão. Já a vira antes, porém nunca de tão perto. Estava quase assustada agora com o volume de pedras de cor cinza que formavam os pilares das varandas e a entrada imponente. Parou por um instante, depois passou pelo jardim descuidado e deu a volta ao redor da casa até a porta lateral próxima à marquise sobre a porta lateral, a *porte-cochère*. Seus dedos, insensíveis pela força usada para apertar as chaves, foram pouco hábeis nos esforços para inserir a chave na fechadura; por fim a porta pesada e esculpida girou lentamente nos gonzos.

Pollyanna segurou o fôlego. A despeito da pressa, parou por um momento e olhou cheia de temor através do vestíbulo para o corredor sombrio. Aquela era a casa de John Pendleton; a casa misteriosa; a casa na qual ninguém entrava, a não ser seu dono; a casa que escondia, em algum lugar, um esqueleto. Ainda assim, ela, Pollyanna, tinha de entrar sozinha nesse local assustador e telefonar para o médico, avisando que o dono da casa jazia ali perto.

Com um gemido, Pollyanna, sem olhar para a direita nem para a esquerda, correu através do *hall* para a porta ao final e a abriu... O quarto era grande e sombrio, com madeiras escuras e quadros como no corredor; mas através da janela oeste o sol enviava uma lâmina dourada sobre a grande escrivaninha, no centro do aposento. Foi na direção desse móvel que Pollyanna caminhou, na ponta dos pés.

A lista do telefone não estava no gancho, estava no chão. Mas Pollyanna a encontrou e correu o dedo pela letra C, até "Chilton". Em seu devido tempo o Dr. Chilton em pessoa estava do outro lado do aparelho, e ela estremecia passando o recado e respondendo às perguntas do médico. Feito isso, desligou o receptor e, aliviada, soltou o fôlego.

Deu uma breve passada de olhos ao redor. Então, após uma visão confusa de cortinas vermelhas, estantes cobrindo a parede, um assoalho sujo, uma escrivaninha desarrumada e portas inumeráveis (uma das quais poderia conter o esqueleto), além da poeira que cobria a tudo, ela retornou ao saguão e à grande porta esculpida, ainda meio aberta para o exterior.

No que pareceu, mesmo para o homem ferido, um tempo incrivelmente curto, Pollyanna retornou para o lado do homem.

— Bem, qual foi o problema? Não conseguiu entrar? — perguntou ele.

Pollyanna arregalou os olhos.

— Mas naturalmente que consegui. Estou *aqui* — respondeu ela. — E o doutor disse que vai chegar tão rápido quanto possível, com os homens e as coisas. Ele disse que sabe exatamente onde o senhor está, portanto não precisei ficar para mostrar o caminho. Voltei para ficar com o senhor.

— É mesmo? Bem, não posso gabar seu gosto. Acredito que poderia encontrar uma companhia mais agradável — disse ele, com uma careta.

— Está querendo dizer que é porque está sempre... mal-humorado?

— Obrigado por sua franqueza. Isso mesmo.

Pollyanna riu suavemente.

— Mas o senhor só está assim *por fora*. Por dentro, nem um pouco.

— É mesmo? Como sabe disso? — indagou o homem, tentando mudar a posição de sua cabeça sem mover o resto do corpo.

— Ah, de muitas formas... por exemplo, a forma como trata o seu cão — respondeu ela, apontando a mão dele que repousava sobre a cabeça do animal. — É engraçado como os cães e gatos conhecem o interior das pessoas melhor do que as outras pessoas, não é? Bem, acho que vou segurar sua cabeça — disse ela, de repente.

O homem fez várias caretas e grunhiu uma vez com suavidade enquanto a mudança era realizada, porém, no fim, encontrou no colo de Pollyanna um substituto bem-vindo para as pedras nas quais repousara a cabeça anteriormente.

— Bem, isso está melhor — murmurou ele, debilmente.

Ficaram calados por um bom tempo. Pollyanna, observando-lhe o rosto, imaginou se estaria adormecido. Mas viu que ele apertava os lábios para não deixar escapar gemidos de dor. A própria Pollyanna quase gritou enquanto olhava para o corpo grande e forte que ali jazia, imóvel. Uma das mãos dele, com os dedos cerrados com força, pendia imóvel. A outra, aberta, repousava sobre a cabeça do cão. Este, com os olhos ansiosos postos no dono, também se encontrava imóvel.

O tempo ia passando. O sol baixava para o oeste e as sombras aumentavam sob as árvores. Pollyanna sentava-se tão imóvel que mal ousava respirar. Um pássaro alinhou-se sem medo ao alcance de sua mão, e um esquilo passou sua cauda peluda em um galho quase sob seu nariz... ainda assim seus olhos pequenos e brilhantes estavam fixos no cão estático.

Por fim o cão ergueu as orelhas e ganiu suavemente, depois deu um latido curto. No instante seguinte, Pollyanna escutou vozes, e logo os donos destas apareceram... três homens, carregando uma padiola e vários outros artigos.

O mais alto do grupo, um homem bem escanhoado, de olhos bondosos, que Pollyanna conhecia de vista como Dr. Chilton, avançou alegremente.

— Brincando de enfermeira, senhorita?

— Não, senhor — sorriu Pollyanna. — Só segurei a cabeça dele, não fiz nada relativo à medicina. Mas estou contente por estar aqui.

— Também estou — disse o doutor.

Em seguida sua atenção foi absorvida pelo homem ferido.

XIV. Só uma questão de geleia

Pollyanna chegou um pouco atrasada para o jantar na noite do acidente de John Pendleton, mas acabou escapando sem reprimendas.

Nancy a aguardava à porta.

— Oh, como fico contente em pôr os olhos na senhorita — suspirou ela, aliviada. — São seis e meia!

— Sei disso — admitiu Pollyanna, com certa ansiedade —, mas não tive culpa... de verdade. Tia Polly não vai me culpar quando souber.

— Não pense que ela terá essa chance. Ela não está — respondeu Nancy, com ar satisfeito.

— Não está querendo dizer que a afugentei? Que foi por minha causa? — indagou Pollyanna.

Pensava com certo remorso nas manhãs em que trouxera o indesejável menino, o cão e o gato, e na menção ao assunto proibido do pai que lhe viera à boca.

— Não. O primo dela morreu repentinamente em Boston, e ela teve de ir para lá. Recebeu um telegrama logo depois que a senhorita saiu de tarde, e não vai voltar antes de três dias. Agora acredito que ficamos contentes. Vamos cuidar juntas da casa, nós duas, durante o tempo todo.

Pollyanna mostrou-se consternada.

— Contente! Oh, Nancy, quando é o enterro?

— Mas não é por causa do enterro que estou contente, Miss Pollyanna. Foi... — Nancy interrompeu-se de repente. Os olhos brilharam de maneira sagaz — ... bem, Miss Pollyanna, não foi a senhorita mesma que estava me ensinando a fazer o jogo do contente?

Pollyanna enrugou a testa, perturbada.

— Não consigo evitar, Nancy. Acho que existem coisas que não foram feitas para se jogar... e acho que funerais são uma delas. Não há nada em um funeral para nos deixar contentes.

Nancy sorriu.

— Podemos ficar contentes por não ser o nosso — observou ela, recatadamente.

Mas Pollyanna não prestou atenção. Ela começara a falar do acidente; Nancy escutou tudo, de boca aberta.

No lugar marcado, na tarde seguinte, Pollyanna encontrou Jimmy Bean conforme havia combinado com ele. Como imaginara, naturalmente, Jimmy demonstrou seu desapontamento pelo fato de as Auxiliadoras preferirem um menino indiano a ele.

— Bem, talvez seja natural — suspirou ele. — Evidentemente, as coisas que não conhecemos sempre parecem melhores do que as que conhecemos, da mesma forma que o pasto do vizinho sempre é mais verde. Não seria interessante se neste momento alguém na Índia quisesse a mim?

Pollyanna bateu palmas.

— Mas claro! É isso mesmo, Jimmy. Vou escrever para as *minhas* Auxiliadoras sobre você. Elas não estão na Índia, moram no Oeste... mas isso é muito longe, quase a mesma coisa.

O rosto de Jimmy iluminou-se.

— Acha que elas me aceitariam?

— Claro que aceitariam! Não aceitam os meninos da Índia para criar? Pois podem fingir que você é um menino indiano. Vou escrever para elas. Para Mrs. White. Não, vou escrever para Mrs. Jones. Mrs. White é a que tem mais dinheiro, mas Mrs. Jones é a que mais doa... isso é estranho, não é? Acredito que uma ou outra irá acolhê-lo.

— Certo, mas não se esqueça de dizer que posso trabalhar em troca de casa e comida. Não sou mendigo, e negócio é negócio, mesmo com as Auxiliadoras — lembrou ele. Hesitou um pouco e prosseguiu. — Acho, neste caso, que é melhor eu ficar no Orfanato por algum tempo... até ter notícias.

— Claro — concordou Pollyanna, enfaticamente —, assim saberão onde encontrar você. E vão aceitá-lo... tenho certeza de que está longe o suficiente para isso. Acha que eu sou a menina indiana da tia Polly?

— Bem, tenho de admitir que é uma garota bem estranha — sorriu Jimmy enquanto se voltava para ir.

Foi cerca de uma semana depois do acidente em Pendleton Woods que Pollyanna disse para sua tia, em uma manhã:

— Tia Polly, por favor, iria se importar muito se eu levasse a geleia de mocotó de Mrs. Snow para outra pessoa? Tenho certeza de que Mrs. Snow não se importaria por essa vez.

— Doce Pollyanna, o que está armando agora? — suspirou a tia. — É uma criança extraordinária mesmo.

Pollyanna franziu a testa com certa ansiedade.

— Tia Polly, por favor, o que é extraordinário? Se somos extraordinários não podemos mesmo ser ordinários, podemos?

— Por certo que não.

— Bem, então está certo. Fico contente por ser extraordinária — disse Pollyanna, o rosto se desanuviando. — Sabe, Mrs. White costuma dizer que Mrs. Rawson era uma pessoa comum... e ela detestava Mrs.

Rawson. Estavam sempre brigando. Meu pai tinha... quer dizer, tínhamos um trabalhão para manter a paz entre as duas, mais do que entre as outras Auxiliadoras.

— A menina fez um grande esforço para permanecer fiel aos ensinamentos do pai a respeito de não falar sobre as desavenças internas da igreja, e a proibição da tia em falar sobre o pai.

— Bem, está certo. Não se importe com isso — disse tia Polly, com certa impaciência. — Você sempre volta a esse assunto, não importa o que conversemos, sempre se lembra das tais Auxiliadoras.

— É sim... reconheço — sorriu Pollyanna. — É porque foram elas que me criaram, e...

— É o suficiente, Pollyanna — interrompeu a tia, com voz fria. — Agora, o que queria dizer sobre a geleia?

— Nada, tia Polly, acho que não vai se importar. Se me deixa levar a geleia para *ela*, imaginei que não se importa se eu levar para *ele*... desta vez. Sabe, uma perna quebrada não é a mesma coisa que... invalidez permanente... porque não vai durar a vida inteira como a doença de Mrs. Snow...

— Ele? Perna quebrada? Do que está falando, Pollyanna?

Pollyanna olhou para a tia e seu rosto relaxou.

— Ah, esqueci-me de que a senhora não sabe. Aconteceu enquanto estava viajando. Foi no dia em que partiu, que o encontrei no bosque, sabe? E tive de abrir a casa dele e falar ao telefone para chamar o médico e os homens, e enquanto isso segurei a cabeça dele e tudo o mais. Depois vim para casa e não o vi mais desde então. Mas quando a Nancy fez a geleia de mocotó para Mrs. Snow essa semana, pensei que seria bom entregar para ele, em vez de levar para ela, só uma vez. Posso, tia Polly?

— Pode, sim. Acho que não há problema — aquiesceu tia Polly, com ar de cansada. — Quem disse que ele era mesmo?

— Mr. John Pendleton.

Tia Polly quase caiu da cadeira.

— *John Pendleton?*

— Sim. Nancy me disse o nome dele. Talvez a senhora o conheça?

Tia Polly não respondeu à pergunta, e fez outra:

— *Você* o conhece?

Pollyanna assentiu.

— Conheço. Ele agora fala e sorri. Parecia mal-humorado, mas só por fora. Vou buscar a geleia. Nancy já tinha preparado quando cheguei — disse a menina, já caminhando pela sala.

— Espere, Pollyanna! Mudei de ideia. Prefiro que Mrs. Snow receba sua geleia de mocotó, como sempre. Isso é tudo. Pode ir agora.

Pollyanna ficou desapontada.

— Mas tia Polly, ela estará doente sempre, enquanto *ele* só está com a perna quebrada, e isso não dura. E já faz uma semana que a quebrou.

— Sim, ouvi dizer que Mr. John Pendleton sofreu um acidente — disse tia Polly, com certa frieza. — Mas não quero mandar a geleia de mocotó para John Pendleton, Pollyanna.

— Sim, eu sei que ele é mal-humorado, por isso acho que não gosta dele — admitiu Pollyanna, com tristeza. — Mas eu não direi que foi a senhora quem mandou. Diria que sou eu. Gosto dele. Gostaria de levar a geleia para ele.

Miss Polly começou a sacudir a cabeça outra vez. Mas de repente parou e perguntou com voz mansa:

— Ele sabe quem você é, Pollyanna?

A menina suspirou.

— Acredito que não. Uma vez eu disse meu nome para ele, mas ele nunca me chamou assim.

— Ele sabe onde você mora?

— Não, nunca disse a ele.

— Então ele não sabe que você é minha... sobrinha?

— Acho que não.

Por um instante houve silêncio. Tia Polly estava olhando para Pollyanna com um olhar estranho. A menina, mudando impacientemente o peso do corpo de um pé para outro, suspirou de maneira audível. Então a tia falou novamente, com uma voz que não parecia a sua habitual:

— Muito bem, Pollyanna, pode levar a geleia de mocotó para Mr. Pendleton, como coisa sua. Mas entenda, não fui eu quem a mandei. Certifique-se de que ele saiba que não fui eu.

— Sim, obrigada, tia Polly — exultou Pollyanna, saltando pela porta.

XV. O dr. Chilton

A grande pilha de pedras pareceu muito diferente a Pollyanna quando ela fez a segunda visita à casa de Mr. John Pendleton. Ademais, as janelas estavam abertas, havia uma mulher mais velha estendendo roupas no quintal e a charrete do médico encontrava-se sob a *porte-cochère*.

Como antes, Pollyanna dirigiu-se para a porta lateral. Porém, desta vez, tocou a campainha... seus dedos não estavam dormentes por apertar as chaves.

Um cãozinho familiar subiu os degraus para cumprimentá-la, mas houve uma pequena demora até que a mulher que pendurava roupas abrisse a porta.

— Bom dia, por favor, trouxe um pouco de geleia de mocotó para Mr. Pendleton — anunciou Pollyanna.

— Obrigada — disse a mulher, apanhando a tigela das mãos da menina. — Quem devo dizer que mandou... a geleia de mocotó?

O médico, chegando pelo saguão naquele momento, ouviu as palavras da mulher e viu o desapontamento no rosto de Pollyanna. Avançou na direção dela.

— Ah, um pouco de geleia de mocotó? Vai ser muito bom. Quer ver nosso paciente?

— Quero, sim, senhor — entusiasmou-se a menina.

A mulher, em obediência a um aceno do médico, mostrou o caminho pelo corredor, embora seu rosto demonstrasse surpresa.

Atrás do médico, havia um jovem (um enfermeiro diplomado da cidade vizinha) que exclamou:

— Mas, doutor, Mr. Pendleton deu ordens para não receber ninguém...

— Deu, sim — admitiu o médico, imperturbável —, mas agora eu estou dando as ordens e assumo o risco. Você naturalmente ainda não sabe, mas esta mocinha aqui é melhor do que uma garrafa grande de tônico em qualquer dia. Se há alguma coisa que possa melhorar o humor de Pendleton esta tarde, é ela. Por isso permiti que entrasse.

— Quem é ela?

— Ela é a sobrinha de uma de nossas residentes mais conhecidas. O nome dela é Pollyanna Whittier. Eu ainda não tenho o prazer de ser muito amigo dessa senhorita, mas muitos dos meus pacientes a conhecem bem... e tiram proveito disso!

O enfermeiro sorriu.

— Mas que bom! E quais são os ingredientes especiais deste... tônico?

O médico sacudiu a cabeça.

— Ainda não sei. Tanto quanto pude perceber, é espantoso. Tem um contentamento permanente por tudo o que aconteceu ou irá acontecer. Repetem-me constantemente as coisas que ela diz, e "apenas estar contente" é o teor da maioria dessas coisas. Para dizer a verdade, gostaria de poder receitá-la, como se fosse uma caixa de comprimidos, embora se existissem muitas iguais a ela neste mundo, você e eu talvez tivéssemos de fazer outra coisa para ganhar a vida — sorriu o médico, apanhando as rédeas e subindo em sua charrete.

Pollyanna, de acordo com as ordens do Dr. Chilton, foi acompanhada até os aposentos de Mr. Pendleton.

Foi conduzida através da grande biblioteca no fim do corredor e, apesar do breve espaço de tempo que ficaram ali, Pollyanna reparou nas grandes mudanças operadas. As paredes repletas de livros, e as cortinas encarnadas eram as mesmas; porém não havia lixo no assoalho, nem desarrumação sobre a escrivaninha, nem ao menos um grão de poeira à vista. A lista do telefone estava no lugar correto, e os objetos de bronze haviam sido polidos. Uma das misteriosas portas encontrava-se aberta, e foi na direção dela que a criada a conduziu. Um instante mais tarde, Pollyanna encontrou-se no quarto suntuosamente mobiliado, enquanto a criada anunciava, com voz assustada:

Com licença, senhor... aqui está uma garotinha, que veio trazer um pouco de geleia. O médico estava saindo e pediu que eu a trouxesse.

No instante seguinte, Pollyanna viu-se sozinha com um homem carrancudo, deitado em sua cama.

— Mas eu não avisei para... — começou ele, com voz irritada — ah, é você?

— Sim, senhor — sorriu Pollyanna. — Estou contente por terem me deixado entrar! Sabe, no começo a senhora apanhou minha geleia, e fiquei com medo de não poder vê-lo. Mas o médico disse que eu poderia entrar. Ele não foi um amor por me deixar fazer isso?

A despeito de si mesmo, Pendleton não conseguiu evitar um sorriso. Mas não disse nada.

— Trouxe um pouco de geleia de mocotó. Espero que goste — disse ela, com um tom ansioso.

— Nunca comi e não gosto — respondeu ele, trocando outra vez o sorriso pela careta.

Por um instante o semblante de Pollyanna demonstrou desapontamento. Mas ela se recompôs ao depositar a geleia.

— Não mesmo? Bem, se não comeu, então não pode dizer que não gosta, não é mesmo? Afinal, é bom que não tenha comido, pois assim pode...

— Certo... — interrompeu ele. — No momento só o que sei é que vou ficar deitado aqui, e parece que isso vai durar até o dia do Juízo.

Pollyanna pareceu consternada.

— Não! Não pode ser até o dia do Juízo, sabe, quando o anjo Gabriel vai tocar sua trombeta, a menos que venha muito antes do que todos nós esperamos... bem, existe um versículo que diz que pode vir mais cedo do que imaginamos, mas não acho que venha. Quer dizer, é claro que acredito na Bíblia, mas, neste caso, não acho que venha neste momento...

John Pendleton não aguentou... riu alto. O enfermeiro, que entrava nesse instante, escutou a gargalhada, e se retirou silenciosamente. Tinha o ar de um cozinheiro assustado, que detecta uma corrente de ar frio a ameaçar um bolo meio assado. Apressadamente, fechou a porta.

— Não está se confundindo um pouco? — perguntou John Pendleton.

A menina riu.

— Pode ser. Mas o que quero dizer é que pernas quebradas não duram... não são nada perto do que Mrs. Snow tem. Então, sua perna não vai ficar assim até o dia do Juízo. Acho que poderia ficar contente por causa disso.

— Mas eu estou — respondeu o homem.

— Além disso, o senhor só quebrou uma. Pode ficar contente por não terem sido as duas.

— Estou muito contente. Se for pensar como você, acho que deveria estar contente por não ser uma centopeia e ter quebrado cinquenta!

Pollyanna riu.

— Acho que esta ideia é melhor ainda — respondeu ela. — Sei o que é uma centopeia, e sei que tem muitas pernas. E pode ficar contente...

— Naturalmente — interrompeu ele, com a amargura habitual. — Suponho que deveria estar contente pelo enfermeiro, pelo médico, e por aquela mulher confusa na cozinha, não é?

— Bem, é isso mesmo. Imagine como seriam as coisas se o senhor não tivesse ninguém e estivesse deitado aqui...

— Como se não fosse exatamente este o centro do assunto — disse o homem, animado. — Porque *estou* deitado aqui! Você espera que eu diga que estou contente por causa de uma tola que desarrumou a casa toda, e chama a isso de "cuidar", e um homem que a ajuda e faz outras coisas, que se chama de "enfermeiro", para não dizer nada sobre um médico que os acolhe a ambos... e todos eles esperam que eu os pague, e bastante bem!

Pollyanna sorriu, solidária.

— É verdade, *essa parte* é mesmo ruim... sobre o dinheiro. Afinal, o senhor vem economizando esse tempo todo.

— Como é?

— Economizando, comprando feijão com bolinhos de peixe. O senhor gosta de feijão? Ou prefere peru, e não come peru porque custa sessenta centavos?

— Escute, menina, do que está falando?

Pollyanna sorriu.

— Sobre seu dinheiro... privar-se dele e economizar para os pagãos. Sabe, descobri tudo sobre isso. Oh, Mr. Pendleton, esta é uma das formas pelas quais eu soube que o senhor não era mal-humorado por dentro. Nancy me contou.

O queixo do homem pendeu.

— Nancy lhe disse que eu estava economizando dinheiro para os... bem, será que eu poderia saber quem é Nancy?

— Nancy? Ela trabalha para tia Polly.

— Tia Polly? E quem seria tia Polly?

— Miss Polly Harrington. Moro com ela.

Ele fez um movimento súbito.

— Miss Polly... Harrington? Você mora com... *ela*?

— Moro. Sou sobrinha dela. Ela encarregou-se de me criar por causa do falecimento de minha mãe, sabe? Era irmã dela. E depois que papai... bem, o senhor sabe, papai foi morar com minha mãe e com os outros no céu, não havia ninguém para cuidar de mim, a não ser as Auxiliadoras; então ela me acolheu.

O homem não respondeu. O rosto, enquanto ele se recostava ao travesseiro, parecia ainda mais pálido... tão branco que Pollyanna se assustou. Levantou-se, indecisa.

— Acho que é melhor eu ir, agora. Espero que o senhor goste da geleia — disse ela, hesitante.

O homem voltou a cabeça repentinamente e abriu os olhos. Havia uma expressão curiosa nas profundezas escuras do seu olhar, que até mesmo Pollyanna percebeu, ficando maravilhada.

— Então você é... sobrinha de Miss Polly — disse ele, suavemente.

— Sim, senhor. Suponho que o senhor a conheça — disse Pollyanna, sentindo os olhos escuros em seu rosto, e ficando pouco à vontade.

Os lábios de John Pendleton curvaram-se em um sorriso estranho.

— Conheço, conheço sim — respondeu ele, hesitando, mas mantendo o sorriso diferente. — Mas não está querendo dizer que foi sua tia Polly Harrington quem mandou a geleia para mim?

Pollyanna pareceu perturbada.

— Não senhor, ela não mandou. Disse até que eu devia me certificar de que não pensasse que ela tivesse mandado, mas eu...

— Foi o que pensei — declarou ele, desviando os olhos.

Pollyanna saiu do quarto, pé ante pé.

Sob a cobertura da marquise, ela encontrou o médico, esperando em sua charrete. O enfermeiro estava nos degraus.

— Bem, Miss Pollyanna, posso ter o prazer de acompanhá-la até sua casa? Comecei a me locomover alguns minutos atrás, e me ocorreu que podia esperá-la.

— Obrigada, senhor. Fico contente por ter esperado. Gosto de andar de charrete — alegrou-se Pollyanna, aceitando a mão que ele oferecia.

— É mesmo? Bem, existem muitas outras coisas que "gosta" de fazer, não? — disse ele, despedindo-se do enfermeiro com um aceno de cabeça.

Pollyanna riu.

— Bem, não sei. Acho que talvez existam, sim — admitiu ela. — Gosto de fazer quase tudo que é... *viver*. Naturalmente, não gosto muito das outras coisas como costurar, ler em voz alta e coisas assim. Não são *viver*.

— Não? Então o que são?

— Tia Polly diz que são para "aprender a viver" — suspirou Pollyanna.

Foi a vez de o médico sorrir, de maneira estranha.

— É mesmo? Bem, acho que ela diria exatamente isso.

— Sim, mas não é assim que penso. Não acho que a gente precise *aprender* a viver. Pelo menos, eu não aprendi — respondeu Pollyanna.

O médico suspirou longamente.

— Afinal, acho que alguns de nós precisam, sim, menina.

Por algum tempo ele permaneceu em silêncio. Pollyanna, olhando furtivamente para o rosto dele, condoeu-se vagamente. Ele parecia muito triste. Desejou poder fazer alguma coisa.

Talvez por isso tenha dito, com voz tímida:

— Dr. Chilton, acho que medicina deve ser uma das profissões mais felizes que existem...

O médico voltou-se surpreso para ela.

— Felizes? Como pode ser, se vejo sofrimento em todos os lugares em que vou?

Ela assentiu.

— Eu sei. Mas cura esses sofrimentos, não vê? E naturalmente fica contente com isso. De modo que isso o torna o mais contente de nós, o tempo inteiro.

Os olhos do médico se encheram com lágrimas quentes. A vida do médico era singularmente solitária. Não tinha esposa nem lar, a não ser seu consultório de duas salas em uma pensão. Observando os olhos brilhantes de Pollyanna, sentiu que uma mão amorosa subitamente pousava sobre sua cabeça, como uma bênção. Sentiu que doravante haveria de ser sempre confortado pela exaltação que brilhava nos olhos de Pollyanna.

— Deus a abençoe, menina — disse ele, comovido. Depois acrescentou, com o sorriso que os pacientes conheciam e apreciavam: — E estou pensando, afinal, que tanto os pacientes quanto o médico precisam muito de um gole desse tônico.

Isso intrigou Pollyanna, até que um esquilo, correndo pela estrada, afastou aquele assunto de sua cabeça.

O médico levou Pollyanna até a porta, sorriu para Nancy, que varria a soleira, depois rapidamente se retirou.

— Fiz um belíssimo passeio com o médico — anunciou Pollyanna, subindo os degraus. — Ele é adorável, Nancy.

— É mesmo?

— Sim. E eu disse a ele que a profissão dele deve ser a mais feliz de todas.

— O quê? Ir ver pessoas doentes, e também pessoas que nem estão doentes, mas acham que estão... qual é pior?

O rosto de Nancy demonstrava ceticismo.

Pollyanna riu.

— O médico falou algo parecido, mas existe um jeito de ficar contente, mesmo com isso. Adivinhe qual é...

Nancy franziu a testa, pensativa. Estava sendo muito bem-sucedida em fazer o "jogo do contente". Gostava de estudar os "desafios" de Pollyanna, como chamava as perguntas da menina.

— Já sei. É o oposto do que a senhorita disse sobre Mrs. Snow.

— O oposto? — repetiu Pollyanna, obviamente intrigada.

— Sim. A senhorita disse a ela que podia ficar contente porque os outros não eram iguais a ela... todos doentes.

— Sim.

— Pois bem, o médico poderia ficar contente porque ele *não é* como os outros, quero dizer, como os doentes — finalizou Nancy, triunfante.

Foi a vez de Pollyanna franzir a testa.

— Bem... pode ser — admitiu ela. — É claro que é uma forma, embora não seja a forma que mencionei...

seja como for, não sei se gosto de como isso soa. Pareceria que o doutor fica feliz porque os outros estão doentes. Você joga o jogo de um jeito engraçado às vezes, Nancy...

Pollyanna suspirou e entrou na casa.

Encontrou a tia na sala de estar.

— Quem era aquele homem que entrou aqui na propriedade, Pollyanna?

— Era o Dr. Chilton! Não o conhece?

— Dr. Chilton! O que ele estava fazendo aqui?

— Ele trouxe-me para casa. Levei geleia para Mr. Pendleton, e ele...

Miss Polly ergueu a cabeça com rapidez.

— Pollyanna, Mr. Pendleton não ficou pensando que fui eu quem mandou a geleia?

— Não, tia Polly. Eu disse que não foi.

Tia Polly enrubesceu nitidamente.

— Você *disse a ele* que eu não mandei?

Pollyanna arregalou os olhos perante o tom alterado da voz da tia.

— Mas, tia Polly, a senhora me disse para fazer isso.

Tia Polly suspirou.

— Eu *disse*, Pollyanna, que não queria mandar, e que você tivesse certeza de que ele não ficasse pensando que mandei! O que é muito diferente de você *declarar* isso diretamente a ele — desabafou ela, virando-se e afastando-se.

— Meu Deus, não vejo nenhuma diferença — suspirou Pollyanna, pendurando seu chapéu no cabide que tia Polly determinara.

XVI. Uma rosa vermelha e um xale de rendas

Foi em um dia de chuva, cerca de uma semana depois da visita de Pollyanna a Mr. John Pendleton, que Miss Polly foi levada por Timothy para um encontro no começo da tarde com a Sociedade das Senhoras Auxiliadoras. Quando retornou às três horas, seu rosto estava corado, e seus cabelos ficaram desalinhados pelo vento úmido.

Pollyanna nunca a tinha visto assim antes.

— Oh, tia Polly, a senhora também tem... — disse a menina impulsivamente, dançando ao redor da tia, quando esta entrou na sala de estar.

— Tem o que, menina?

Pollyanna ainda saltava ao redor da tia.

— E eu nunca soube que a senhora tinha! Será que as pessoas podem ter uma coisa sem que os outros percebam? Será que posso ter? — disse ela, repuxando os cabelos lisos por trás das orelhas. — Mas por outro lado, não seriam negros, como os seus...

— Pollyanna, o que significa tudo isso?

— Não alise! É deles que estou falando... desses cachos lindos. Ah, tia Polly, são tão lindos!

— Mas que bobagem! Mas que tentou fazer quando foi até as Auxiliadoras outro dia, com a ideia absurda de falar daquele menino?

— Mas não é absurdo. E a senhora não faz ideia de como fica bonita com cachos... Ah, tia Polly, por favor, posso pentear seus cabelos como faço para Mrs. Snow, e depois colocar uma flor? Eu adoraria vê-los assim. E a senhora ficaria muito mais bonita do que ela.

— Pollyanna! Não respondeu à minha pergunta. Por que foi até as Auxiliadoras com uma proposta absurda?

Tia Polly falara com voz aguda, mais ainda porque as palavras de Pollyanna lhe haviam provocado antigas sensações de alegria. Quanto tempo fazia desde que alguém "adorava vê-la bonita"?

— Sim, eu sei, tia Polly, mas acontece que eu não sabia que era absurda até que fui e descobri que elas davam mais importância a seu relatório anual do que a Jimmy. Por isso, escrevi para as minhas Auxiliadoras, porque Jimmy está tão distante delas, sabe? Pensei que talvez ele pudesse ser o indiano delas, assim como eu, tia Polly, fui sua menina indiana... Tia Polly, vai deixar-me pentear seus cabelos, não vai?

Tia Polly colocou a mão no pescoço, estava começando a sentir aquela impotência de novo.

— Pollyanna, quando as senhoras me contaram, esta tarde, a forma como foi até elas, fiquei tão envergonhada! Eu...

Pollyanna começou a dançar na ponta dos pés, balançando para externar sua alegria.

— A senhora não disse! Não disse que eu *não podia* pentear. E tenho certeza de que isso quer dizer o contrário... mais ou menos como naquele dia em que conversamos sobre levar a geleia para Mr. Pendleton, que não quis mandar, mas também não me disse que não podia mandar. Espere um pouco aqui mesmo. Vou buscar o pente.

— Mas Pollyanna... Pollyanna — protestou a tia, seguindo a menina pelas escadas e arfando com o exercício.

— A senhora veio? — disse Pollyanna, à porta do quarto de tia Polly. — Melhor ainda! Estou com o pente. Sente-se, por favor, bem aqui. Que bom que deixou!

— Mas Pollyanna, eu...

Tia Polly não terminou a frase. Para sua surpresa, descobriu-se na cadeira baixa em frente à penteadeira, com o cabelo já caindo sobre as orelhas entre os dedos ansiosos e hábeis da sobrinha.

— Mas que cabelos lindos a senhora tem... e tem muito mais do que Mrs. Snow, também! Mas é natural que tenha mais, porque está bem e pode ir a lugares em que os outros podem vê-la. Oh, sei que as pessoas vão ficar contentes quando virem... e surpresas, também, porque escondeu por tanto tempo.
Sabe, tia Polly, vou deixar a senhora tão bonita que as pessoas vão amá-la só de olhar...

— Pollyanna! — disse a voz surpresa da tia, atrás de uma cortina de cabelos. — Não sei por que estou deixando você fazer isso.

— Bem, tia Polly, vai ficar contente de ver todos olharem-na com admiração. Não gosta de olhar para coisas bonitas? Fico muito mais contente quando olho para pessoas bonitas, porque quando olho para outras pessoas que não são assim fico com pena delas.

— Mas... mas...

— E adoro mexer nos cabelos das pessoas — disse Pollyanna, contente. — Fazia muito isso para as Auxiliadoras... mas não havia nenhuma delas tão bonita quanto a senhora. Mrs. White era bem bonita, e parecia adorável no dia em que a vesti... oh, tia Polly, tive uma ideia... mas é segredo, não vou contar. Agora seu cabelo está quase pronto, e vou deixá-la aqui só um minuto; e precisa me prometer... prometer não se agitar nem espiar, até que eu volte. Não se esqueça!

Em voz alta, Miss Polly não disse nada. Mas, para si mesma, disse que precisava desfazer o trabalho absurdo dos dedos da sobrinha, e colocar os cabelos no local apropriado outra vez. Quanto a espiar... como se fosse importar-se em...

Neste instante, sem querer, Miss Polly enxergou a si mesma no espelho da penteadeira. E o que viu produziu um colorido róseo em suas faces, que... apenas a fez corar ainda mais.

Viu o rosto... não era jovem, é verdade, mas no momento parecia iluminado pelo rubor e pela surpresa. As faces apresentavam um belo tom de cor-de-rosa. Os olhos brilhavam. O cabelo, escuro, e ainda úmido pelo ar exterior, caía em ondas sobre a testa e curvava-se para trás das orelhas em uma linha bem assentada, com cachos suaves aqui e ali.

Miss Polly ficou tão surpresa e absorvida contemplando o que viu no espelho, que esqueceu sua determinação de desfazer os cabelos, até escutar Pollyanna entrando no aposento. Antes que pudesse mover-se, sentiu um tecido dobrado sendo passado sobre seus olhos e atado à nuca.

— Pollyanna, Pollyanna, o que está fazendo?

A menina riu.

— É exatamente isso que não quero que saiba, tia Polly, e tinha medo que *fosse mesmo* olhar, então amarrei esse lenço aqui. Agora fique quieta, e não vai levar nem um minuto, vou deixar a senhora ver.

— Mas, Pollyanna — começou Miss Polly, lutando para pôr-se em pé. — Precisa tirar isso! Criança... o que está fazendo? — quis saber ela, ao sentir algo deslizando por seus ombros.

Pollyanna apenas riu com gosto. Com dedos trêmulos, colocava sobre o ombro da tia as dobras suaves de um belo xale de renda, amarelado por ter ficado guardado vários anos, perfumado com lavanda. Pollyanna havia encontrado o xale uma semana antes, quando Nancy limpava o sótão. E naquele dia havia-lhe ocorrido que não existia motivo para que sua tia não ficasse "arrumada".

Tendo completado sua tarefa, Pollyanna observou seu trabalho com olhos aprovadores, contudo parecia faltar um detalhe. Sem perder tempo, portanto, puxou a tia na direção do solário, onde enxergava uma bela rosa vermelha florescendo na treliça, ao alcance de sua mão.

— Pollyanna o que está fazendo? Para onde está me levando? Não vou... — relutava tia Polly, tentando recuar.

— É só até aqui no solário... só um minuto! Vou terminar em um segundo — disse Pollyanna, esticando a mão para a rosa e acomodando-a no cabelo macio, por sobre a orelha de Miss Polly. Retirou a venda — Pronto! Oh, tia Polly, agora sei que ficará contente por eu ter feito isso!

Em um ofuscamento instantâneo, tia Polly olhou para si mesma, depois olhou para o ambiente; em seguida soltou um grito e voltou para seu quarto. Pollyanna, seguindo a direção do olhar da tia viu, através das janelas abertas, o cavalo e a charrete entrando no acesso à casa. Reconheceu imediatamente o homem que segurava as rédeas.

Agradavelmente surpresa, debruçou-se à janela.

— Dr. Chilton, Dr. Chilton! Queria ver-me? Estou aqui em cima!

— Sim, quer descer, por favor? — sorriu o médico, com certa gravidade.

No quarto, Pollyanna encontrou a tia com o rosto corado e os olhos faiscando, a retirar os alfinetes que mantinham o xale no lugar.

— Pollyanna, como pôde fazer isso? Deixei você fazer isso comigo, e ainda me expor, para que eu seja vista?

Pollyanna parou.

— Mas a senhora estava linda... adorável, tia Polly, e...

— Adorável! — escarneceu a mulher, passando o xale para um lado e enfiando os dedos trêmulos nos cabelos.

— Ah, tia Polly, por favor, deixe o cabelo assim... está tão bonito.

— Ficar assim? De modo algum!

E tia Polly tirou os cachos, puxando-os tão fortemente para trás que a última ponta ficou lisa.

— Que pena... tinha ficado tão bonito — disse Pollyanna, quase soluçando, ao passar pela porta.

No andar de baixo, ela encontrou o médico esperando em sua charrete.

— "Receitei-a" para um paciente, e ele me mandou para aviar a receita — explicou o médico. — Pode vir?

— Quer dizer... ir até a farmácia? — quis saber Pollyanna. Depois hesitante: — Eu costumava ir, para as Auxiliadoras.

O médico, sorrindo, balançou negativamente a cabeça.

— Não é isso exatamente. É Mr. John Pendleton. Ele gostaria de vê-la hoje, se quiser vir. Como parou de chover, vim procurá-la. Virá comigo? Vou levá-la e a trago de volta antes das seis.

— Eu adoraria — exclamou Pollyanna. — Deixe-me pedir para tia Polly.

Em poucos momentos estava de volta, com o chapéu na mão, e um rosto sóbrio.

— Sua tia deixou? — perguntou o médico, enquanto manobravam para sair.

— Deixou. Acho que ela queria *muito* que eu fosse — suspirou Pollyanna.

— Queria *muito* que viesse?

Pollyanna suspirou outra vez.

— Sim. Acho que ela não me queria aqui... Ela disse: Sim, vá indo, pode ir. Queria que tivesse ido antes.

O médico sorriu levemente, mas os olhos permaneceram sérios. Por algum tempo ele se manteve em silêncio; depois, de maneira hesitante, perguntou:

— Não foi sua tia que vi, alguns minutos atrás, na janela do solário?

Pollyanna respirou fundo.

— Sim... e foi aí que começou o problema, eu acho. Sabe, eu a ajeitei com um xale bonito e adorável que achei no sótão, e arrumei o cabelo dela, e coloquei uma rosa nos cabelos. Ficou muito bonita. Não acha que ela ficou adorável?

— Acho, Pollyanna. Acho que ela ficou... extremamente adorável.

— É mesmo? Que bom. Vou dizer a ela — disse a menina, animada.

Para sua surpresa, o médico pediu-lhe que não dissesse nada.

— Nunca. Pollyanna, peço-lhe que não mencione nada a ela.

— Por que, Dr. Chilton? Qual o problema? Seria de imaginar que ela ficasse contente...

— Mas ela pode não ficar — interrompeu o médico.

Pollyanna deu a impressão de pensar sobre aquilo por um instante.

— É verdade. Pode ser mesmo que não goste — suspirou a menina. — Ela falou sobre ser vista daquele jeito...

— Imagino que sim... — murmurou o médico.

— Mesmo assim, ainda não entendo por que... ela estava tão bonita...

O médico não disse nada. Na verdade, não falou mais até que estivessem à frente da grande casa de pedra onde estava John Pendleton com sua perna quebrada.

XVII. Como um livro

Naquele dia, John Pendleton cumprimentou Pollyanna com um sorriso.

— Bem, Pollyanna, acho que deve ser uma pessoa que sabe perdoar, ou não teria vindo me ver de novo hoje.

— Bem, Mr. Pendleton, fiquei contente por vir, e não vejo por que deixaria de vir.

— Bem, sabe como é... fui muito rabugento com você, tanto no dia em que foi gentil ao vir me trazer a geleia quanto no dia em que me encontrou com a perna quebrada. A propósito... não acho que tenha lhe agradecido por isso ainda. Até mesmo tem de admitir que foi muito bondosa ao vir me ver, considerando a forma ingrata como a tratei.

Pollyanna agitou-se, pouco à vontade.

— Mas fiquei contente de encontrá-lo... quer dizer, não fiquei contente por sua perna estar quebrada, é claro... — corrigiu ela, apressadamente.

John Pendleton sorriu.

— Entendo. Sua língua às vezes a entrega, não acha, Pollyanna? Mas eu lhe agradeço, e a considero uma menina muito corajosa para fazer o que fez naquele dia. E agradeço pela geleia, também –acrescentou ele, com voz suave.

— Gostou?

— Gostei muito. Suponho que não haja mais geleia, hoje... aquela que tia Polly *não mandou*? — acrescentou ele, com um sorriso.

A visitante ficou perturbada.

— Não, senhor. Por favor, Mr. Pendleton, não quis ser mal-educada naquele dia quando falei que a tia Polly *não mandou* a geleia.

Não houve resposta. John Pendleton não␣sorria.

Olhava para longe, com olhos que pareciam enxergar através dos objetos à frente. Depois de algum tempo, suspirou longamente e voltou-se para Pollyanna. Quando falou, sua voz carregava a nota de nervosismo já conhecida.

— Bem, assim não está certo! Não a chamei para me ver olhar para o tempo. Preste atenção. Na biblioteca... a sala grande onde está o telefone, como sabe, vai encontrar uma caixa esculpida na prateleira inferior da estante grande com portas de vidro, que está perto da lareira. Quer dizer, deve estar lá se aquela mulher confusa não "guardou" em nenhum outro lugar. Pode trazê-la para mim? É pesada, mas não tão pesada que não possa carregar, eu suponho.

— Sou bem forte — declarou Pollyanna, alegre, pondo-se de pé.

Em um minuto ela retornou com a caixa.

Foi uma ótima meia hora a que Pollyanna passou ali. A caixa estava repleta de tesouros... curiosidades que John Pendleton apanhara em anos de viagens, e cada uma tinha uma história maravilhosa, fosse um tabuleiro de xadrez exótico da China, fosse um pequeno ídolo de jade, da Índia.

Depois de ouvir a história referente ao ídolo, Pollyanna murmurou:

— Bem, suponho que *seria* melhor criar um menino da Índia... um que pense que Deus está nesse bonequinho, do que seria aceitar Jimmy Bean, um menino que sabe que Deus está no céu. Ainda assim, não consigo parar de desejar que tivessem aceitado Jimmy Bean também, além dos meninos da Índia.

John Pendleton não deu mostras de ter escutado. Mais uma vez seus olhos estavam vagos. Depois, como que acordou e escolheu outra curiosidade para comentar.

A visita foi deliciosa, mas antes que terminasse, Pollyanna se deu conta de que estavam falando sobre outras coisas que não os objetos na caixa esculpida. Falavam dela, de Nancy, da tia Polly e da vida diária que levavam. Estavam conversando também sobre a vida que ela tivera antes, na cidade do Oeste.

Quase na hora de ir embora, John Pendleton disse, em uma voz que não lembrava a antiga.

— Menina, quero que venha sempre me ver. Pode fazer isso? Sou solitário e preciso da sua presença. Existe outro motivo, também. No início, depois de ter sabido quem era, achei que eu não queria mais que viesse aqui. Lembrava-me de algo que tentei esquecer por muitos anos. Então disse a mim mesmo que nunca mais queria vê-la; todos os dias, quando o médico me pedia para trazê-la eu dizia que não — admitiu ele. — Depois de um tempo, descobri que estava querendo tanto vê-la, que o fato de *não* querer que viesse estava me lembrando mais ainda o que queria esquecer. Então, agora, gostaria que viesse sempre. Pode ser, menina?

— Bem, é claro Mr. Pendleton — respondeu Pollyanna, com os olhos cheios de compaixão pelo homem triste que estava deitado no travesseiro à sua frente. — Adoraria vir sempre.

— Obrigado — disse John Pendleton, suavemente.

Depois do jantar, naquela noite, Pollyanna, sentada à varanda traseira, contava a Nancy sobre a maravilhosa caixa esculpida de Mr. John Pendleton, e sobre os objetos ainda mais maravilhosos no interior.

— E pensar que ele mostrou à senhorita todas as coisas, e disse o que gosta... justo ele que não conversa com ninguém... ninguém!

— Mas ele não é rabugento, Nancy; é rabugento só por fora. Também não entendo por que tantas pessoas pensam mal dele. Não pensariam assim, se o conhecessem. Mesmo a tia Polly não gosta muito dele. Ela não quis mandar a geleia para ele, e ainda teve medo que ele pensasse que foi ela quem mandou!

— Provavelmente ela não fazia uma boa ideia dele — deu de ombros Nancy. — Mas o que me deixa intrigada é a forma como escolheu a senhorita... sem querer ofender, é claro. É que ele não é o tipo de homem que parece gostar de ter crianças ao lado dele, sabe?

Pollyanna sorriu, feliz.

— Pois ele é assim comigo, Nancy. Não era assim no começo... Ontem ele confessou que não queria ver-me de novo, porque eu o lembrava de uma pessoa que ele queria esquecer. Mas depois...

— Como? — indagou Nancy, alerta. — Ele disse que sua presença o lembra de algo que ele queria esquecer?

— Isso. Mas depois...

— Que pessoa? — quis saber Nancy.

— Ele não me disse quem era.

— *Um mistério!* — murmurou Nancy, com voz sufocada. — Foi por isso que não quis saber da senhorita no começo... Oh, Miss Pollyanna. Estamos vivendo um livro... li muitos deles: *O segredo de Lady Maud*, *O último herdeiro* e *Oculto por anos*... todos tinham mistérios e coisas como essas. Imagine só. Um livro acontecendo debaixo do nosso nariz... e eu sem perceber o tempo todo! Conte-me tudo. Tudo o que ele disse, Miss

Pollyanna. Não é de estranhar que ele falou com a senhorita... não mesmo!

— Mas ele não falou... quer dizer, não até que eu tivesse falado com ele primeiro — protestou a menina. — E ele não sabia quem eu era até que levei a geleia de mocotó, e tive de dizer que tia Polly não tinha mandado a geleia, e...

Nancy ficou em pé e juntou as mãos.

— Eu sei, eu sei... eu *sei*! — exclamou ela. No instante seguinte estava ao lado de Pollyanna outra vez. — Conte-me, pense e me diga a verdade. Foi depois que ele descobriu que a senhorita era a sobrinha de Miss Polly que ele disse que não queria mais vê-la, não foi?

— Sim. Ele me contou isso hoje.

— Foi o que pensei. E miss Polly não mandaria a geleia por si mesma, mandaria?

— Não.

— E a senhorita disse a Mr. Pendleton que ela não tinha mandado, não foi?

— Bem... foi.

— E ele começou a agir esquisito depois de descobrir que a senhorita era sobrinha dela, não foi?

— Sim... ele começou mesmo a ficar meio esquisito... sobre a geleia — admitiu Pollyanna, depois de pensar um pouco.

Nancy suspirou longamente.

— Então entendi... foi isso mesmo. Escute. *Mr. John Pendleton foi o namorado de Miss Polly!* — anunciou ela, impressionada.

— Oh, Nancy, mas ele não poderia ser... ela não gosta dele — protestou Pollyanna.

— Claro que não... brigaram, e essa exatamente é a questão — disse Nancy, com um olhar sagaz.

Pollyanna ainda manteve uma expressão incrédula, enquanto Nancy, respirando fundo, acomodava-se para contar a história.

— Foi assim. Pouco antes que a senhorita chegasse Mr. Tom contou-me que Miss Polly teve um admirador. Não acreditei. Eu não conseguia imaginar... ela e um namorado... Mas Mr. Tom confirmou e disse que o tal admirador morava nesta cidade. E *agora* eu sei. É John Pendleton. Ele não tem um mistério em sua vida? Não se trancou sozinho naquela casa enorme, sem nunca falar com ninguém? Não ficou estranho quando soube que a senhorita era sobrinha de Miss Polly? E hoje não admitiu que a senhorita o lembra de alguém que ele quer esquecer? E, além disso, tem o fato de ela dizer que não queria mandar geleia para Mr. Pendleton. Oh, Miss Pollyanna, é tão evidente quanto o nariz no nosso rosto...

— Oh... — exclamou Pollyanna, admirada, de olhos arregalados. — Mas, Nancy, acho que se eles se amassem, teriam feito as pazes em algum momento. Os dois viveram sozinhos, todos esses anos. Acredito que teriam tido prazer em se reconciliar.

Nancy fez uma expressão de desdém.

— Acho que não sabe muita coisa sobre namorados, Miss Pollyanna. Ainda não cresceu o suficiente para isso. Mas se existem pessoas que não teriam uso para esse seu "jogo do contente" seria um par de namorados brigando, e isso é exatamente o que eles são. Geralmente ele não é mal-humorado? E ela...

Nancy parou abruptamente, lembrando exatamente a tempo sobre quem falava. De repente, riu.

— Não vou dizer, mas seria mesmo um bom negócio se a senhorita fizesse que os dois jogassem... assim ficariam *contentes* por fazer as pazes. As pessoas iriam mesmo ficar admiradas... Miss Polly e ele! Mas acho que não existe muita chance de acontecer isso.

Pollyanna não disse nada; mas quando entrou em casa, um pouco mais tarde, seu rosto estava bastante pensativo.

XVIII. Prismas

Depois que passaram os dias quentes de agosto, Pollyanna começou a ir com mais frequência à grande casa na colina Pendleton. Não sentiu, entretanto, que suas visitas seguintes tivessem sido um sucesso. Não que o homem não a quisesse lá... ele sempre a mandava buscar; mas quando ela se encontrava lá não parecia mais feliz pela presença dela... pelo menos foi o que Pollyanna pensou.

Conversava com ela, é verdade, e mostrava objetos estranhos e belos... livros, pinturas e curiosidades. Mas ele ainda reclamava de sua impotência e se irritava visivelmente sobre as regras e "desmandos" dos membros não convidados de sua casa. Por outro lado, parecia escutar a conversa de Pollyanna. Ela gostava de conversar — mas nunca sabia se ao olhar para cima iria descobri-lo recostado no travesseiro com aquele olhar magoado que sempre a perturbava; nunca tinha certeza de qual de suas palavras... se é que fora ela... o levara àquele estado. Quanto a iniciá-lo no "jogo do contente" e tentar fazer com que ele jogasse, nunca chegava a ocasião. Tinha, por duas vezes, tentado falar com ele sobre isso; em nenhuma das duas conseguira passar do ponto em que o pai começara a falar sobre o assunto. John Pendleton, em cada uma das ocasiões, voltara a conversa, abruptamente, para outro assunto.

Pollyanna jamais duvidara de que John Pendleton tinha sido o namorado de sua tia. E com toda a força de seu coração amoroso e leal, desejava poder, de alguma forma, trazer a felicidade para aquelas vidas tristemente solitárias.

Como iria fazer aquilo, porém, não tinha a menor ideia. Conversara com Mr. Pendleton sobre sua tia; ele escutava, algumas vezes com educação, outras com irritação, frequentemente com um sorriso estranho nos lábios, geralmente sérios. Conversava também com sua tia sobre John Pendleton... ou melhor, tentava conversar sobre ele. Mas, de uma forma geral, entretanto, Miss Polly não escutava por muito tempo. Sempre encontrava outro assunto. Porém, fazia isso também quando Pollyanna estava falando sobre outras pessoas... do Dr. Chilton, por exemplo. Pollyanna imaginava que devia ser pelo fato de o Dr. Chilton tê-la visto no solário com a rosa nos cabelos e o xale sobre os ombros. Tia Polly, na verdade, parecia especialmente amarga com relação ao Dr. Chilton, conforme Pollyanna descobriu em um dia, quando um resfriado a deixou dentro de casa.

— Se não melhorar até a noite vou mandar buscar o médico — anunciara tia Polly.

— É mesmo? Então vou piorar — brincou Pollyanna. — Adoraria que o Dr. Chilton viesse me ver.

Estranhou, então o olhar no semblante da tia.

— Não será o Dr. Chilton, Pollyanna — disse Miss Polly, séria. — Ele não é nosso médico de família. Vou mandar buscar o Dr. Warren... se piorar.

Entretanto, Pollyanna melhorou, e o Dr. Warren não foi chamado.

— Também fiquei contente — comentou a menina com sua tia, à noite. — É claro que gosto do Dr. Warren, mas gosto mais do Dr. Chilton, e sinto que ele se sentiria ofendido se eu não o chamasse. Sabe, ele não teve culpa de ter visto a senhora, quando a vesti tão bonita naquela manhã, tia Polly.

— É o suficiente, Pollyanna. Não desejo falar sobre o Dr. Chilton... ou sobre os sentimentos dele — reprovou a tia.

Pollyanna olhou para ela por um instante com um interesse triste, depois suspirou.

— Gosto de ver a senhora quando seu rosto fica corado como está, tia Polly; mas gostaria de poder pentear seu cabelo. Se eu... tia Polly!

Mas a tia já saíra do aposento.

Foi por volta do fim de agosto que Pollyanna, fazendo uma visita matutina a John Pendleton, descobriu tons de azul, dourado e verde, margeados por vermelho e violeta no travesseiro dele. Parou o que dizia, deliciada com a visão.

— Oh, Mr. Pendleton é um bebê arco-íris... um arco-íris de verdade que lhe veio fazer uma visita! Nossa, como é bonito... — disse ela, batendo palmas... — Mas como foi que ele entrou?

O homem sorriu com certa dificuldade. John Pendleton estava particularmente mal-humorado com o mundo naquela manhã.

— Bem, suponho que tenha entrado pela borda lapidada daquele termômetro de vidro na janela... o sol incide nele de manhã — explicou ele, com ar cansado.

— Mas é tão bonito, Mr. Pendleton! E o sol faz isso? Nossa! Se fosse meu, eu o pendurava ao sol o dia inteiro.

— Nesse caso, não ia adiantar nada como termômetro — riu o homem. — Como acha que poderia saber a temperatura, se o termômetro ficasse ao sol o dia inteiro?

— Mas eu não me importaria... — respondeu Pollyanna, com os olhos postos nas cores no travesseiro. — Como se alguém fosse se importar, vivendo em um arco-íris o dia inteiro.

O homem riu. Estava observando o rosto de Pollyanna com certa curiosidade. Repentinamente novos pensamentos lhe iluminaram o rosto. Tocou o sino a seu lado.

A empregada idosa apareceu à porta.

— Nora, traga-me um dos castiçais grandes sobre a lareira, no estúdio da frente.

— Sim, senhor — murmurou a mulher, parecendo surpresa.

Em um minuto retornou. Um retinir musical penetrou no aposento, enquanto ela avançava na direção da cama. Vinha dos prismas pendentes que circulavam o castiçal antigo em suas mãos.

— Obrigado. Pode deixar aqui na mesa — instruiu Mr. Pendleton. — Agora prenda uma das cortinas da janela ali... e passe uma das faixas, atravessada na janela, como um varal.

Agradeceu quando ela cumpriu o que lhe fora pedido.

— Agora, traga-me o castiçal, Pollyanna.

Com as duas mãos, a menina fez o que lhe foi pedido; em um momento ele foi retirando os pingentes, um por um, até que uma dúzia deles estivesse lado a lado, na cama.

— Agora, minha querida, gostaria que os pendurasse nessa faixa que Nora estendeu através da janela. Se realmente quiser viver em um arco-íris, não vejo outro modo senão providenciarmos um arco-íris para viver nele.

Pollyanna não previu o que ia acontecer, até terminar de pendurar os pingentes na janela ensolarada. Estava tão excitada que mal podia controlar os dedos trêmulos para pendurar todos. Finalmente terminou a tarefa e recuou para apreciar, com um grito de puro contentamento.

Tornara-se uma terra mágica aquele quarto suntuoso, porém soturno. Por todos os lados dançavam luzes vermelhas e verdes, violetas e laranjas, douradas e azuis. A parede, o assoalho e a mobília, até a própria cama, estavam banhados em raios de luz colorida.

— Oh... oh, que lindo! — extasiou-se Pollyanna. Depois, riu. — Acabei de entender que o próprio sol está jogando o jogo agora, não acha? Ah, como eu gostaria de ter muitos desses! Como gostaria de dar vários para a tia Polly, para Mrs. Snow e para muitas outras pessoas. Acho que ficariam muito contentes! Acho que a tia Polly ficaria tão contente que iria começar a bater portas... se ela morasse em um arco-íris como este. O senhor não acha?

Mr. Pendleton riu.

— Bem, pelo que conheço de sua tia, Miss Pollyanna, acho que seriam necessários mais do que alguns prismas para fazer que bata portas... de contentamento. Mas o que quis dizer com o sol estar jogando o jogo?

— Oh, desculpe-me. O senhor não conhece o jogo. Tinha-me esquecido...

— Então, diga-me.

Daquela vez, Pollyanna pôde contar. Desde o início... das muletas que deveriam ter sido uma boneca. À medida que conversava, não olhava para o rosto dele. Os olhos permaneciam nos pontos de luz colorida que vinham dos pingentes de cristal balançando na janela ensolarada.

— E é isso — suspirou ela, quando terminou. — Agora sabe porque disse que o sol estava tentando jogar o jogo.

Por um instante houve silêncio. Então a voz dele disse, comovida:

— Pode ser. Mas estou pensando que o melhor prisma entre todos, é você, Pollyanna.

— Ah, mas não sei mostrar belas luzes vermelhas, verdes e azuis quando o sol bate em mim, Mr. Pendleton.

— Não? — sorriu o homem.

Quando Pollyanna olhou para o rosto de John Pendleton, perguntou-se o motivo de haver lágrimas nos olhos dele.

— Não... — respondeu ela. Permaneceu em silêncio por um instante, depois acrescentou. — Mr. Pendleton, o sol não faz outra coisa que não sardas, em mim. Pelo menos tia Polly diz que é o sol!

O homem riu um pouco, e mais uma vez Pollyanna olhou para ele; a gargalhada parecera mais um soluço.

XIX. O que é surpreendente

Pollyanna entrou na escola em setembro. Os exames preliminares demonstraram que estava bastante avançada para uma menina de sua idade, e em pouco tempo ela fazia parte de uma classe de meninos e meninas de onze anos.

A escola, a muitos respeitos, foi uma surpresa para Pollyanna; e, sem dúvida, ela própria foi, por sua vez, uma surpresa para a escola. Logo estavam convivendo nos melhores termos; entretanto, confessou para tia Polly que ir à escola, afinal de contas, *era mesmo* viver... embora a princípio ela tivesse dúvidas.

A despeito de seu prazer causado pelo novo trabalho, Pollyanna não se esquecia dos antigos amigos. É verdade que não podia dedicar tanto tempo a eles agora, naturalmente, mas consagrava-lhes tanto tempo quanto dispunha. Talvez John Pendleton, entre todos, fosse o menos conformado com a situação.

Em um sábado à tarde, ele falou com ela sobre o assunto.

— Escute, Pollyanna, o que acha de vir morar aqui comigo? — perguntou ele, com certa impaciência. — Estou estranhando muito a sua ausência ultimamente.

Pollyanna riu... Mr. Pendleton era um homem engraçado.

— Acho que o senhor não gosta de muita gente por perto — respondeu ela.

Ele fez uma careta.

— Bem, mas isso foi antes de me ensinar a jogar aquele maravilhoso jogo. Agora estou contente por ter quem me sirva e cuide de mim, por ter o que tenho.

Não se preocupe, pois estarei me movendo por meus próprios pés a qualquer momento, mais dia, menos dia, e então andarei por aí — disse ele, apanhando uma das muletas ao lado e balançando-a com ar de brincadeira na direção da menina.

Naquele dia estavam na biblioteca.

— Bem, mas o senhor não está contente de verdade por todas as coisas que tem; apenas diz que está contente — disse Pollyanna, observando o cão que cochilava ao lado do fogo. — Sabe que *nunca* joga direito o jogo, Mr. Pendleton... sabe que não.

O rosto dele ficou bastante grave.

— Por isso é que desejo que você, que é uma menina inteligente, me ajude. Pode vir morar comigo?

Pollyanna voltou-se para ele, surpresa.

— Mr. Pendleton, não está falando sério, está?

— Estou, sim, Pollyanna. Pode vir?

Pollyanna ficou perturbada.

— Mas, Mr. Pendleton... não posso... sabe que não posso. Sou de tia Polly.

Algo que Pollyanna não conseguiu entender direito cruzou o rosto de Mr. Pendleton. A cabeça ergueu-se de maneira ativa e quase agressiva.

— Você não é mais dela do que... bem, talvez ela permita que venha morar aqui. Se ela permitisse, você viria?

Pollyanna franziu a testa, profundamente pensativa.

— Mas a tia Polly tem sido tão boa para mim. Acolheu-me quando eu não tinha ninguém, a não ser as Auxiliadoras, e...

Novamente o rosto do homem ficou sombrio... e quando falou, sua voz parecia muito triste.

— Pollyanna, há muitos anos eu amei muito alguém. Eu esperava trazê-la para esta casa, algum dia. Imaginei que eu e ela viveríamos contentes e juntos nesta casa por muitos e muitos anos.

— Sim... — condoeu-se Pollyanna, os olhos brilhando de compaixão.

— Bem, eu não a trouxe para cá. Não importa o motivo. Simplesmente não deu certo, só isso. E desde então essa grande pilha de pedras tem sido uma casa, e jamais um lar. É preciso a mão e o coração de uma mulher e a presença de uma criança para fazer um lar, Pollyanna; e não tenho nada disso. Então, virá para cá, minha querida?

Pollyanna ficou em pé. Seu rosto estava parcialmente iluminado.

— Mr. Pendleton... quer dizer, gostaria de ter tido a mão e o coração dessa mulher todo o tempo?

— Bem... sim, Pollyanna.

— Oh, fico tão contente! Então está certo — suspirou a menina. — Agora o senhor pode aceitar a nós duas, e tudo vai dar certo.

— Aceitar... as duas?

— Bem, claro. Tia Polly não resolveu ainda, mas tenho certeza de que vai aceitar se o senhor lhe disser o que disse a mim. Depois nós duas viríamos, naturalmente.

Um olhar aterrorizado brilhou nos olhos dele.

— Tia Polly vir... *para cá*?

Os olhos de Pollyanna se arregalaram um pouco.

— Prefere ir para lá? Evidentemente a casa não é assim tão bonita... mas...

— Pollyanna, do que está falando? — quis saber o homem.

— Bem, sobre onde vamos morar, é claro — respondeu Pollyanna, surpresa. — O senhor disse que era aqui que queria a mão e o coração da tia Polly todos esses anos para criar um lar, e...

Um ruído escapou da garganta de Mr. Pendleton. Ele levantou a mão e começou a falar; no instante seguinte, deixou que a mão pendesse ao lado do corpo.

— O médico, senhor — anunciou a criada, à soleira da porta.

Pollyanna ergueu-se imediatamente.

John Pendleton voltou-se para ela febrilmente.

— Pollyanna, pelo amor de Deus, não diga nada a ninguém sobre o que lhe perguntei... ainda — pediu ele, em voz baixa.

Pollyanna sorriu, de modo aberto e radiante.

— Claro que não. Como se eu não soubesse que quer dar a notícia pessoalmente.

John Pendleton deixou-se cair na cadeira, sem forças.

— Muito bem, o que está acontecendo? — quis saber o médico, um minuto mais tarde, com o dedo no pulso do paciente.

Um sorriso débil assomou aos lábios de John Pendleton.

— Uma dose exagerada do seu... tônico, eu acho — riu ele, seguindo o olhar do médico, que pousava sobre Pollyanna.

XX. O que é mais surpreendente

Aos domingos pela manhã geralmente Pollyanna ia à missa e à escola dominical. À tarde costumava ir passear com Nancy. Em um desses domingos, no caminho para casa, depois de suas obrigações na igreja, encontrou o Dr. Chilton em sua charrete e este parou o cavalo.

— Suponho que me deixe levá-la em casa, Pollyanna. Gostaria de dizer-lhe uma coisa. Estava me dirigindo à casa de Miss Polly porque queria falar-lhe — disse ele, enquanto a menina subia e se acomodava. — Mr. Pendleton enviou um pedido especial para que o fosse ver nesta tarde. Ele diz que é muito importante.

Pollyanna assentiu alegremente.

— Sim, eu sei que é. Irei já.

O médico arregalou os olhos, surpreso.

— Não tenho certeza se vou deixar, afinal — disse ele, piscando. — Nos últimos dias você parece mais um estimulante do que um calmante, mocinha.

Pollyanna riu.

— Na verdade não fui eu... não tanto quanto a tia Polly.

O médico voltou-se, espantado.

— Sua... tia!

Pollyanna assentiu com um gesto de cabeça, do seu assento.

— Isso mesmo. E é excitante e adorável, como uma boa história. Eu... vou contar. Ele disse para não mencionar a ninguém, mas sei que ele não se importaria que o senhor soubesse. Não queria que eu mencionasse para *ela*.

— *Ela?*

— Sim, para tia Polly. E naturalmente *ele* quer falar com ela pessoalmente, em vez de esperar que eu falasse... com os namorados deve ser assim.

— Namorados?

Quando ele falou, os cavalos começaram a mover-se, como se a palavra tivesse dado uma sacudidela nas rédeas.

— Sim... — concordou Pollyanna, contente. — Isso é apenas parte da história. Não percebi até que Nancy me contou. Ela disse que tia Polly teve um namorado há alguns anos, e que eles brigaram. Ela não sabia de quem se tratava, no início...Mas agora descobrimos. É Mr. Pendleton.

O médico relaxou, por um instante. A mão que segurava as rédeas pendeu no colo.

— Não... eu não sabia.

Pollyanna se apressou. Estavam se aproximando da mansão Harrington.

— Estou contente que seja assim. Vai dar tudo certo. Mr. Pendleton me pediu para ir morar com ele, mas naturalmente não podia deixar tia Polly, que foi tão boa para mim. Então ele me contou tudo sobre o coração e a mão da mulher que ele desejou; fiquei muito contente. Pois é claro, se ele quiser terminar com a briga, e tia Polly também, ficarei contente! Se ele quiser fazer as pazes, tudo vai ficar bem, e tia Polly e eu poderíamos ir viver lá, ou ele poderia viver conosco. Naturalmente tia Polly ainda não sabe, nem temos nada combinado. Acho que é por isso que ele pediu para me ver, hoje.

O médico aprumou-se no banco.

— Sim... posso imaginar que Mr. John Pendleton queira vê-la, Pollyanna — disse ele, estacionando a charrete à porta.

— Lá está tia Polly na janela — disse Pollyanna, um segundo depois. — Não... parece que não está. Mas tive a impressão de tê-la visto...

Pollyanna encontrou um John Pendleton bastante nervoso aguardando por ela naquela tarde.

— Pollyanna — começou ele, sem rodeios. — Estive a noite inteira pensando sobre o que quis dizer, ontem... sobre eu esperar pela tia Polly, a mão, o coração e essas coisas. O que quis dizer com isso?

— Bem, como os senhores foram namorados, uma vez... fiquei contente que ainda se sintam assim.

— Namorados! Sua tia Polly e eu?

Com a surpresa percebida na voz dele, Pollyanna arregalou os olhos.

— Bem, Mr. Pendleton... Nancy me disse que eram!

O homem deu uma gargalhada curta.

— É mesmo? Bem, sinto ter de informá-la que Nancy estava errada.

— Então, não foram namorados? — disse Pollyanna, a voz alterada pelo choque.

— Nunca fomos!

— Então as coisas não estão acontecendo como em um livro?

Não houve resposta. Os olhos dele estavam fixos ao longe, na paisagem da janela.

— Tudo estava correndo tão bem — queixou-se a menina, com vontade de chorar. — Eu teria gostado tanto de vir... com tia Polly.

— Então agora não vem? — indagou Mr. Pendleton, voltando a cabeça para ela.

— Claro que não. Sou da tia Polly.

— Antes que fosse dela, Pollyanna, você era da sua mãe. E... foi o coração e a mão de sua mãe que desejei, muitos anos atrás.

— Da minha mãe!

— Sim. Eu não ia dizer nada, mas talvez seja melhor, afinal — afirmou Pendleton, empalidecendo. Parecia falar com dificuldade, e Pollyanna, assustada e de olhos arregalados, fitava-o fixamente, com lábios entreabertos. — Eu amava sua mãe, mas ela não me amava. Depois de algum tempo ela se foi... com seu pai. Até então, eu não sabia o quanto me importava com ela. O mundo todo pareceu escurecer, e... bem, não importa. Por muitos anos eu fui uma pessoa rabugenta, mal-humorada, sem amar, um velho, embora não esteja nem perto dos sessenta anos, Pollyanna. Então um dia, como um dos prismas que tanto aprecia, menina, você dançou na minha vida e iluminou meu mundo velho e sem graça com reflexos dourados e vermelhos, da sua própria alegria. Descobri, depois de algum tempo, quem você era... e pensei que nunca mais queria vê-la. Não queria me lembrar... de sua mãe. Mas acho que sabe como isso terminou. Simplesmente tinha de tê-la aqui. E agora eu a quero para sempre. Pollyanna, não quer vir... agora?

— Mas Mr. Pendleton! Tem a tia Polly — disse Pollyanna, com os olhos úmidos de lágrimas.

O homem fez um gesto impaciente.

— E quanto a mim? Como supõe que ficarei "contente" com alguma coisa... sem você? Sabe, Pollyanna, foi só depois que veio que tenho ficado contente de viver, ainda que pela metade! Mas se puder tê-la como filha, ficaria contente por... qualquer coisa; e tentaria fazer que também ficasse contente, minha querida. Não haveria nenhum desejo seu que não fosse satisfeito. Todo o meu dinheiro, até o último centavo, será dedicado a fazê-la feliz.

Pollyanna pareceu consternada.

— Não, Mr. Pendleton... como se eu fosse deixar que gastasse comigo... todo o dinheiro que economizou para os pagãos.

Um vermelho profundo assomou ao rosto do homem. Ele ia começar a falar, mas Pollyanna continuava.

— Além do mais, qualquer um com tanto dinheiro quanto o senhor tem, não precisa de mim para ficar contente com as coisas. Está tornando outras pessoas tão felizes lhes dando coisas que não pode evitar ficar contente consigo mesmo. Veja os prismas que doou para Mrs. Snow e para mim, e a moeda que deu a Nancy no aniversário dela, e...

— Certo, certo... mas não se importe com essas coisas — interrompeu o homem, cujo rosto estava muito vermelho agora. Não era para menos: John Pendleton não ficara conhecido por "dar coisas" no passado. — Isso tudo é bobagem. Não foi muito, na verdade... mas aconteceu por sua causa. Você lhes deu essas coisas, não eu. E isso só prova mais um pouco como preciso de você, menina. Se pretendo aprender a fazer o "jogo do contente", Pollyanna, preciso que venha e jogue comigo.

— Tia Polly tem sido muito boa para mim — começou Pollyanna, com a testa franzida.

Mas o homem a interrompeu. Parece que a velha irritabilidade retornara a seu rosto.

— Certamente ela tem sido boa para você! Mas não gosta de você nem a metade do que eu gosto — afirmou ele.

— Bem, Mr. Pendleton, sei que ela fica contente em...

— Contente! — interrompeu ele, perdendo a paciência. — Aposto que Miss Polly nem sabe ficar contente... com nada. Ela conhece seus deveres, isso eu sei. É uma mulher muito *responsável*. Já experimentei as noções dela sobre "dever" antes. Reconheço que não temos sido amigos nos últimos quinze ou vinte anos. Mas eu a conheço. Todos a conhecem... e ela não é do tipo "contente", Pollyanna. Não sabe ser. Quanto a você vir morar comigo, Pollyanna... pergunte a ela para ver se a deixa vir. Ah... menina, eu quero tanto você... — terminou ele, com voz entrecortada.

Pollyanna ergueu-se com um longo suspiro.

— Muito bem, vou perguntar a ela. Evidentemente não quis dizer que não gostaria de vir morar com o senhor, Mr. Pendleton, mas... — Depois de um momento de silêncio, acrescentou: — Bem, de qualquer forma, estou contente por não ter falado com ela ontem, porque então...

John Pendleton sorriu tristemente.

— Sim, Pollyanna. Acho que foi melhor que não mencionasse...

— Só mencionei para o médico; e, claro, ele não conta.

— O médico — repetiu John Pendleton, e voltou-se para ela lentamente. — O doutor Chilton?

— Ele mesmo. Quando veio me apanhar hoje.

— Bem, entre todos que... — começou Pendleton, interrompendo-se e sentando-se ereto na poltrona outra vez. — E o que o Dr. Chilton disse?

Pollyanna franziu a testa, pensativa.

— Sabe... eu não me lembro. Não muito, pelo menos. Bem, ele disse que podia entender a sua ansiedade por me ver.

— Disse mesmo?

Pollyanna ficou perguntando-se por que Mr. Pendleton teria soltado aquele riso estranho e curto.

XXI. Uma pergunta respondida

O céu escurecia rapidamente com a aproximação do que parecia ser uma tempestade de verão, quando Pollyanna correu pela encosta da colina, saindo da casa de John Pendleton. A meio caminho da casa ela encontrou Nancy com um guarda-chuva. Naquele instante, entretanto, as nuvens mudaram de posição pelo vento e a chuva não pareceu tão iminente.

— Acho que está indo para o norte — anunciou Nancy, observando o céu com olhar crítico. — Imaginei que seria assim, mas Miss Polly me fez vir encontrá-la com o guarda-chuva. Estava *preocupada* com a senhorita.

— Estava? — indagou a menina, pensativa, olhando também para as nuvens.

— Não pareceu ter ouvido o que eu disse — observou Nancy, com ar de ofendida. — Disse que sua tia estava *preocupada* com a senhorita.

— Oh... desculpe, não era minha intenção deixá-la preocupada — respondeu Pollyanna, sacudindo a cabeça e pensando na pergunta que teria de fazer para a tia.

— Pois eu estou contente. Estou, sim — disse Nancy, inesperadamente.

Pollyanna a encarou.

— *Está contente* porque tia Polly estava preocupada comigo? Oh, Nancy, não é assim que se faz o jogo do contente... ficar contente com esse tipo de coisa!

— Não há jogo aqui. Nem pensei nisso — respondeu Nancy. — A senhorita parece não se dar conta do que significa ter Miss Polly preocupada com a senhorita, criança.

— Bem, significa preocupada... e isso não é bom de se sentir. O que mais poderia significar? — indagou Pollyanna.

— Bem, então vou dizer o que significa. Quer dizer que por fim ela está se tornando um pouco mais humana, como nós. Não é mais uma questão apenas de cumprir o dever.

— Bem, Nancy, tia Polly sempre cumpre seu dever. Ela é uma mulher muito responsável — disse Pollyanna, repetindo inconscientemente as palavras de John Pendleton.

Nancy riu.

— Tem toda a razão... e sempre foi, eu acho. Mas depois que a senhorita veio ela parece estar diferente.

O rosto de Pollyanna mudou. Suas sobrancelhas se fecharam, formando uma expressão perturbada.

— Existe uma coisa que gostaria de perguntar para você, Nancy. Acha que tia Polly gosta de me ter aqui? Acha que ela se importaria... se eu não ficasse mais aqui?

Nancy voltou-se para observar o rosto da menina. Há muito tempo esperava e temia que ela fizesse aquela pergunta. Tinha imaginado como a responderia... como a poderia responder com honestidade sem magoar cruelmente a menina. Porém agora, diante dos novos fatos, como esse de a mandar ao encontro da sobrinha com um guarda-chuva, ela ficou até contente de ser perguntada. Tinha certeza de que, agora, em sã consciência, podia aquietar o coração da menina.

— Gostar de tê-la aqui? Se ela sentiria sua falta? — repetiu Nancy, indignada. — Eu não estava brincando quando falei sobre a preocupação! Pois ela não me mandou trazer o guarda-chuva porque viu uma nuvenzinha no céu? Não me mandou trazer suas coisas para o andar de baixo, para o quarto que a senhorita queria? Bem, Miss Pollyanna, quando nos lembramos o quanto ela detestava ter...

Nancy tossiu, interrompendo-se a tempo.

— São pequenas atitudes dela — continuou rapidamente —, que demonstram o quanto ficou mais suave... como o cão, o gato, a forma com que fala comigo... e muitas outras coisas. Oh, Miss Pollyanna, nem posso dizer como se sentiria ela se a senhorita não estivesse aqui — concluiu Nancy, falando com uma certeza entusiástica cujo intuito era abafar a afirmação que quase fizera antes.

Ainda assim, não estava preparada para a súbita alegria que iluminou o semblante de Pollyanna.

— Ah, Nancy... como estou contente... contente... contente! Não sabe como fico feliz por tia Polly me querer!

"Como se eu pretendesse deixá-la... justo agora", pensou Pollyanna, subindo as escadas rumo a seu quarto, mais tarde. "Sempre soube que queria morar com tia Polly, mas nunca pensei se queria que ela também quisesse morar comigo."

A tarefa de contar a John Pendleton sua decisão não seria fácil, e Pollyanna a temia. Gostava dele, sentia pena dele, porque ele mesmo parecia ter pena de si mesmo. Também sentia pela longa e solitária vida que o tornara tão infeliz; lamentava ter sido por causa de sua mãe que ele resolvera se isolar todos aqueles anos. Imaginou a grande casa acinzentada como se tornara parecida com seu dono, com seus aposentos silenciosos, o assoalho sujo e a escrivaninha em desordem; seu coração sentiu a solidão que havia ali. Gostaria que em algum lugar existisse alguém que... neste ponto ela deu um pulo com um grito de alegria, provocado pelo pensamento que chegou até sua mente.

Depois disso, logo que pôde correu pela colina até a casa de John Pendleton. Logo se encontrou na grande biblioteca, o próprio John Pendleton sentado a seu lado, as mãos longas e finas repousando sobre o espaldar da poltrona, com o cachorro fiel a seus pés.

— Bem, Pollyanna, está resolvida a jogar o "jogo do contente" comigo pelo resto de minha vida? — indagou ele, com suavidade.

— Sim. Pensei na melhor coisa para o senhor fazer, e...

— Com você? — quis saber John Pendleton, com a boca abaixando um pouco nos cantos.

— N-não... mas...

— Pollyanna, não vai dizer não, vai? — interrompeu ele, emocionado.

— Preciso fazer isso, Mr. Pendleton; na verdade, a tia Polly...

— Ela recusou?

— Eu... não cheguei a pedir — gaguejou ela, tristemente.

— Pollyanna!

Pollyanna desviou os olhos. Não conseguia encontrar o olhar magoado e preocupado do amigo.

— Não chegou nem a perguntar?

— Não pude, senhor... de verdade — vacilou a menina. — Sabe, descobri... sem perguntar... que a tia Polly *me quer* com ela, e que... eu também quero ficar — confessou ela, corajosamente. — Não sabe o quanto ela foi boa para mim... E a conhece, sabe que ela nunca foi assim. O senhor mesmo disse. Ah, Mr. Pendleton, eu simplesmente *não posso* deixar tia Polly agora.

Houve uma longa pausa. Apenas o crepitar da madeira no fogo quebrava o silêncio. Por fim, o homem falou.

— Estou vendo, Pollyanna. Não pode deixá-la agora. Não vou perguntar outra vez — disse ele, em um murmúrio.

— Ah, mas não sabe o resto ainda... Existe uma coisa ótima que o senhor *pode fazer*. Existe mesmo.

— Não para mim, Pollyanna.

— Para o senhor, sim — insistiu a menina. — Foi o senhor quem disse. Disse que apenas a mão de uma mulher e a presença de uma criança poderia transformar sua casa em um lar. E posso conseguir para o senhor... a presença de uma criança, não a minha, mas uma outra.

— Como se eu pudesse ter outra que não você...

— Mas terá... quando souber; o senhor é tão bom e gentil! Pense nos prismas que deu a Mrs. Snow, na moeda que deu a Nancy e em todo o dinheiro que economizou para os pagãos, e...

— Pollyanna! — interrompeu Mr. Pendleton. — De uma vez por todas, pare com essa tolice! Tenho tentado dizer mais de meia dúzia de vezes... não existe dinheiro para os pagãos. Jamais enviei um centavo para eles em toda a minha vida. Pronto!

Ele ergueu o queixo e ergueu o olhar para enfrentar o dela. Para sua surpresa, porém, não havia tristeza ou desapontamento no olhar da menina. Havia apenas uma alegria inesperada.

— Que bom — disse ela, batendo palmas. — Estou tão contente. Quer dizer, não estou contente pelos pagãos, mas não consigo evitar ficar contente pelo fato de não estar mandando dinheiro para os meninos na Índia, porque todos os outros preferem estes. Estou tão contente que prefira Jimmy Bean. Agora sei que vai ficar com ele.

— Ficar com quem?

— Jimmy Bean. Ele é a "presença infantil" que o senhor quer. E ele vai ficar muito contente em sê-lo. Tive de dizer a ele na semana passada que mesmo as Auxiliadoras no Oeste não o querem consigo, e ele ficou muito desapontado. Mas agora... quando ele souber disso... vai ficar muito contente.

— Vai mesmo? Bem, eu não vou. Pollyanna, isso tudo é tolice — afirmou ele, com decisão.

— Está dizendo que não vai aceitá-lo?

— Certamente é o que quero dizer.

— Mas ele seria uma excelente presença infantil — disse Pollyanna, quase chorando. — E o senhor não ficaria sozinho... com Jimmy por perto.

— Não duvido. Mas prefiro ficar sozinho.

Foi então que Pollyanna, pela primeira vez em semanas, lembrou-se com tristeza do que Nancy havia contado a ela. Ergueu o queixo, em um desafio.

— Talvez pense que um belo menino vivo não seja melhor do que aquele velho esqueleto morto que guarda em algum lugar... mas eu não acho!

— *Esqueleto?*

— Sim. Nancy diz que o senhor tinha um em algum armário...

— Bem, eu...

Repentinamente John Pendleton atirou a cabeça para trás e riu. Riu com vontade... com tanta vontade que Pollyanna começou a chorar de puro nervosismo.

Quando percebeu isso, ele aprumou o corpo e parou de rir no mesmo instante.

— Pollyanna, suspeito que tenha razão... mais do que imagina — afirmou ele. — Na verdade, eu *sei* que um "belo menino" seria muito melhor do que... meu esqueleto no armário; só que... nem sempre temos vontade de fazer uma troca assim. Geralmente nos apegamos a nossos... esqueletos, Pollyanna. Entretanto, quero que me conte um pouco mais sobre esse bom menino...

Foi o que Pollyanna fez.

Talvez a risada tenha limpado o ar, ou talvez a história de Jimmy Bean contada pelos lábios ansiosos de Pollyanna tenham tocado o coração de John Pendleton. De qualquer forma, quando Pollyanna foi para casa naquela noite, trazia um convite para que Jimmy Bean em pessoa visitasse a casa com Pollyanna na tarde do sábado seguinte.

— Estou muito contente e tenho certeza de que vai gostar dele — suspirou Pollyanna, ao despedir-se. — Quero que Jimmy Bean tenha um lar e quem cuide dele, sabe?

XXII. Sermões e caixas de lenha

Na tarde em que Pollyanna contou a John Pendleton sobre Jimmy Bean, o reverendo Paul Ford subiu a colina e penetrou em Pendleton Woods, esperando que a beleza dos jardins de Deus acalmasse o tumulto que os filhos dos homens haviam invocado.

O reverendo Paul Ford tinha o coração apertado. Mês a mês, durante o último ano, as condições na paróquia haviam piorado; até agora, fosse qual fosse a direção para a qual se voltava, parecia que encontrava apenas disputas, calúnias, escândalo e ciúme. Tinha argumentado, pedido, censurado e ignorado, uma coisa por vez, e acima de tudo sempre rezara com sinceridade e esperança. Mas naquele dia, tristemente, fora forçado a admitir que as coisas não haviam melhorado, e sim piorado.

Dois de seus sacristãos estavam se digladiando a respeito de uma questão tola, que apenas um interminável falatório tornara importante. Três das mulheres mais ativas haviam se retirado do grupo de Auxiliadoras, porque uma centelha de maledicência por línguas desocupadas tornara-se uma chama escandalosa. O coro havia se dissolvido por causa da quantidade de solos oferecida à cantora preferida. Mesmo a Sociedade do Esforço Cristão era uma ferramenta de desassossego, exposta às críticas abertas de seu superintendente e dois dos professores, e isso fora a última gota, que enviara o perturbado pastor aos bosques tranquilos, à procura de um lugar para orar e meditar.

Sob a arcada verde das árvores, o reverendo Paul Ford enfrentava a crise. Em sua mente, algo precisava ser feito, sem demora. Todo o trabalho da igreja estava ameaçado. O serviço dominical, os encontros diários para orações, os chás em prol do trabalho missionário e até os jantares e encontros sociais estavam recebendo cada vez menos pessoas. É verdade que alguns trabalhadores conscienciosos ainda haviam ficado. Mas eram geralmente dirigidos a propósitos particulares...

E por isso tudo o reverendo Paul Ford compreendia muito bem que ele (o ministro de Deus), a igreja, a cidade, e a própria cristandade estavam sofrendo, e iriam sofrer ainda mais, a menos que... Algo precisava ser feito, e imediatamente. Mas o quê?

Lentamente o reverendo tirou de seu bolso as notas que fizera para o sermão do próximo domingo. Franzindo a testa, examinou-as. Sua boca formava linhas graves, enquanto lia alto, interpretando os versos que estava determinado a proferir:

Malditos sejam, escribas fariseus e hipócritas, pois fechastes o reino dos céus para os homens; pois nem os abrigam em si mesmo nem nele penetram.

Malditos sejam, escribas, fariseus e hipócritas, pois devoram a casa das viúvas, e por uma pretensão, fazem preces mais longas, portanto receberão a danação maior.
Malditos sejam, escribas, fariseus e hipócritas, pois pagam a menta, o anis e o cominho, porém omitem o peso maior da lei, do julgamento, da piedade e da fé; estes ainda estão por fazer, e sem deixar de fazer os outros.

Era uma denúncia amarga. Nas naves verdejantes da floresta, a voz profunda do pastor vibrava repleta de efeitos mordazes. Mesmo os pássaros e esquilos pareciam mover-se menos e em silêncio. Aquilo trouxe ao pastor uma compreensão vívida de como as palavras soariam no domingo seguinte, quando seriam proferidas perante a congregação no ambiente sagrado da igreja.

Sua congregação... *eles eram mesmo* seu povo. Teria coragem de fazê-lo? Teria coragem de *não o fazer*? Era uma denúncia temerária, mesmo sem as palavras que se seguiriam... suas próprias palavras. Havia orado e orado. Pedira sinceramente ajuda, uma orientação. Desejava... ah, quão sinceramente o desejava... dar o passo certo durante a crise. Mas seria aquele o passo certo?

Lentamente o pastor dobrou os papéis e colocou-os de volta ao bolso. Então, com um suspiro que pareceu quase um gemido, deixou-se cair ao pé de uma árvore e cobriu o rosto com as mãos.

Foi assim que Pollyanna, a caminho de casa, o encontrou. Com um gritinho, correu para ele.

— Oh, Mr. Ford... não quebrou uma perna nem nada parecido, não é?

— Não, minha querida. Graças a Deus. Estou apenas descansando.

— Bem!... — exclamou a menina, com evidente alívio. — Então tudo está bem. Sabe, é que Mr. Pendleton *quebrou mesmo* a perna, e estava assim quando o encontrei, mas ele estava deitado. E o senhor está sentado.

— É verdade, estou sentado e não quebrei nada, pelo menos nada que os médicos possam consertar.

As últimas palavras foram ditas em voz mais baixa, porém Pollyanna as ouviu. Uma mudança se efetuou em sua expressão. Os olhos brilharam de compaixão.

— Sei o que quer dizer... alguma coisa o aborrece. Meu pai costumava ficar assim, muitas vezes. Acho que os ministros fazem isso, geralmente. De alguma forma, tanta coisa depende deles...

— Seu pai era pastor, Pollyanna?

— Sim, senhor. Não sabia? Achei que todos soubessem disso. Ele casou-se com a irmã da tia Polly, que era minha mãe.

— Entendo. Mas não estou aqui há muitos anos, e não sei todas as histórias de família.

— Sim, senhor... quero dizer... não, senhor — sorriu Pollyanna.

Houve uma longa pausa... O pastor, ainda sentado ao pé da árvore, pareceu ter se esquecido da presença de Pollyanna. Retirou alguns papéis do bolso e desdobrou-os, mas não estava olhando para eles. Em vez disso, fixara o olhar em uma folha distante... e nem ao menos era um bela folha. Era marrom e estava seca. A menina, seguindo-lhe o olhar, sentiu-se compadecida dele.

— Está um belo dia — arriscou ela, esperançosa.

Por um instante não houve resposta, então o pastor olhou para cima.

— O quê? Ah, sim. Está mesmo um belo dia.

— E não está frio, mesmo sendo outubro. Mr. Pendleton tinha um fogo aceso, mas ele disse que não era necessário. Era apenas para olhar. Gosto de olhar para o fogo... o senhor, não?

Daquela vez não houve resposta, embora Pollyanna esperasse pacientemente, antes de tentar outra vez, por outro caminho.

— Gosta de ser pastor?

Rapidamente o reverendo Paul Ford ergueu os olhos.

— Se eu gosto... oh, que pergunta esquisita. Por que pergunta isso, minha querida?

— Por nada, pelo jeito como estava olhando. Fez-me lembrar do meu pai. Ele ficava assim, às vezes.

— Ficava? — a voz do pastor era educada, mas o olhar buscou outra vez as folhas secas no solo.

— Ficava... e eu sempre perguntava a ele se gostava de ser pastor.

O homem sorriu tristemente.

— Bem, o que ele respondia?

— Ele sempre dizia que gostava. Mas dizia também que não seria pastor nem mais um minuto se não fossem os *textos que alegram*.

— Se não fosse o quê? — perguntou o reverendo, tirando os olhos das folhas e pousando-os no rosto alegre de Pollyanna.

— Bem, era como meu pai os chamava. É claro que a própria Bíblia não os chamava assim, mas eram todos aqueles que começavam com "Deem graças ao Senhor", ou "Rejubilem-se", ou "Gritem de alegria" e coisas parecidas, o senhor sabe, existem muitos. Quando meu pai se sentia especialmente mal, ele os contava. Existiam oitocentos.

— Oitocentos?

— Sim, que diziam para nos rejubilar ou ficarmos contentes. Por isso meu pai os chamava de "textos que alegram".

O reverendo teve um olhar estranho e baixou os olhos para os papéis que tinha nas mãos: "Malditos sejam, escribas fariseus e hipócritas!"

— Oh, então seu pai apreciava esses "textos que alegram"...

— Sim — concordou Pollyanna, com entusiasmo. — Ele dizia que se sentiu muito melhor desde o dia em que começou a procurá-los na Bíblia. Disse que se Deus se preocupou em nos dizer oitocentas vezes para sermos alegres e agradecer, era o que ele queria que fizéssemos. E meu pai sentiu-se envergonhado do tempo em que não era alegre. Depois desse dia, aqueles trechos se tornaram um conforto para ele, quando as coisas davam errado, quando as Auxiliadores brigavam... quero dizer, quando *não concordavam* sobre alguma coisa. Foram esses textos também que o fizeram pensar no jogo... que ele começou comigo, no caso das muletas... ele disse que a ideia veio daí.

— E que jogo era esse? — quis saber o pastor.

— Era sobre encontrar alguma coisa para ficar contente em tudo. Como eu disse, ele começou comigo nas muletas.

E mais uma vez, Pollyanna contou sua história, desta feita para um homem que escutou com ouvidos atentos e olhar suave.

Um pouco mais tarde, Pollyanna e o pastor desciam a colina, de mãos dadas. O rosto da menina estava radiante. Pollyanna gostava muito de conversar, e estivera falando havia algum tempo; havia muitas coisas sobre o jogo, seu pai e a antiga vida doméstica, que o reverendo queria saber.

Ao pé da colina seus caminhos se separaram, e Pollyanna tomou uma estrada, enquanto o pastor tomou outra.

Naquela noite, o reverendo Paul Ford sentou-se para estudar e ficou a refletir. Próximo a ele, sobre a escrivaninha, estavam algumas folhas de papel... as notas para o sermão. Mas o pastor não estava pensando sobre o que escrevera ou tencionara dizer. Em sua imaginação, estava bem distante, em uma pequena cidade do Oeste, com um reverendo pobre, doente, preocupado e quase sozinho no mundo, que, porém, se inclinava sobre a Bíblia para descobrir quantas vezes seu Deus e Senhor lhe havia mandado "regozijar-se e alegrar-se".

Depois de algum tempo, com um longo suspiro, o reverendo Paul Ford ergueu-se, voltou da cidade do Oeste e ajeitou as folhas de papel em sua mão.

"Mateus 23: 13-14 e 23", escreveu ele. Depois, com um gesto de impaciência, largou o lápis e apanhou uma revista deixada sobre a escrivaninha por sua esposa alguns minutos antes. Seus olhos cansados voltavam-se de parágrafo a parágrafo até que algumas palavras lhe prenderam a atenção:

Um pai, certa vez, disse a seu filho, Tom, o qual se havia recusado a encher a caixa de lenha de sua mãe naquela manhã: "Tom, tenho certeza de que ficará contente em ir ao bosque e trazer lenha para sua mãe". Sem uma palavra, Tom foi. Por quê? Apenas porque seu pai demonstrara diretamente que esperava que ele fizesse o que era certo. Suponha que ele tivesse dito: "Tom, escutei o que disse à sua mãe esta manhã, e estou envergonhado de você. Saia imediatamente e vá encher esta caixa!" Garanto que a caixa teria ficado vazia, no que diz respeito ao Tom.

E o reverendo continuou lendo uma palavra aqui, uma linha ali, um parágrafo mais adiante.

O que homens e mulheres precisam é de encorajamento. Os poderes naturais de resistência devem ser fortalecidos, não enfraquecidos... em vez de sempre falar dos erros de um homem, fale a ele sobre suas virtudes. Tente retirá-lo dos maus hábitos. Mostre-lhe a melhor parte de seu ser, do seu *ser verdadeiro* que pode ousar e vencer. A influência de um caráter belo, prestativo e cheio de esperança é contagiosa, e pode revolucionar uma cidade inteira... As pessoas irradiam o que vai em sua mente e em seu coração. Se um homem sente bondade e compromisso, seus vizinhos irão sentir-se dessa forma, também, depois de algum tempo. Mas se ele repreende, olha de cara feia e critica, seus vizinhos irão devolver caretas e críticas... com juros. Quando se espera o pior, a gente consegue. Quando *sabemos* que iremos encontrar o bem... é o que encontramos... Diga a seu filho Tom que sabe que ele vai ficar contente em encher a caixa de lenha. Depois observe como ele parte, alerta e interessado, para o trabalho.

O reverendo largou o papel e levantou o queixo. Em um instante ele estava de pé, caminhando pelo aposento, para lá e para cá. Algum tempo mais tarde, respirou profundamente e relaxou o corpo na cadeira de sua escrivaninha.

— Deus me ajude. Vou tentar! Vou dizer a todos os Toms que sei que eles ficarão contentes em encher a caixa de lenha. Vou dar a eles trabalho para fazer, e depois os tornarei tão plenos de alegria por fazer isso que não terão tempo para reparar na caixa de lenha dos vizinhos!

Apanhou suas notas sobre o sermão, rasgou-as e as atirou para os dois lados, de modo que de um lado da cadeira ficaram os "Malditos sejam" e do outro, "escribas, fariseus e hipócritas", enquanto seu lápis parecia voar sobre o papel em branco à sua frente.

Foi assim que o reverendo Paul Ford pronunciou no domingo seguinte um sermão que era um chamado de clarim para o melhor de cada homem, mulher e criança que o ouviu. E seu texto foi um dos oitocentos textos de alegria que Pollyanna dissera: "Alegrem-se no Senhor e se regozijem, ó justos, e gritem de alegria todos os que são puros de coração".

XXIII. Um acidente

A pedido de Mrs. Snow, Pollyanna foi um dia ao consultório do Dr. Chilton para conseguir o nome de um remédio que Mrs. Snow havia-se esquecido. Pollyanna jamais tinha visto o interior do consultório do Dr. Chilton.

— Nunca havia estado em sua casa antes. Esta é sua casa, não é? — disse ela, olhando interessada ao redor.

O médico sorriu com certa tristeza e respondeu, enquanto escrevia em um pedaço de papel.

— Sim... mas é modesta demais para um lar, Pollyanna. São apenas aposentos, não um lar.

Pollyanna concordou com um gesto de cabeça, os olhos brilhando com simpatia e compreensão.

— Sei disso. É preciso a mão e o coração de uma mulher, ou a presença de uma criança para formar um lar.

— É mesmo? — disse o médico, erguendo a cabeça.

— Sim, Mr. Pendleton contou-me... sobre a mão e o coração de uma mulher, ou a presença de uma criança. Por que não consegue a mão e o coração de uma mulher, Dr. Chilton? Ou talvez prefira adotar Jimmy Bean, se Mr. Pendleton não quiser ficar com ele.

O médico riu.

— Então Mr. Pendleton diz que é preciso a mão e o coração de uma mulher...

— Disse, sim. Ele diz que a dele é só uma casa. Por que o senhor não arranja, Dr. Chilton?

— Por que não arranjo o quê?

— A mão e o coração de uma mulher. Ah, quase ia me esquecendo — lembrou Pollyanna, corando. — Acho que é justo que eu diga ao senhor que não foi tia Polly a pessoa pela qual ele se apaixonou há muitos anos... por isso, nós não vamos morar lá. Eu disse que era ela, mas foi um erro que cometi. Espero que não tenha comentado com ninguém.

— Não, não disse a ninguém, Pollyanna — respondeu o médico, com voz alterada.

— Então está tudo bem — suspirou Pollyanna, aliviada. — O senhor foi a única pessoa para quem contei, e Mr. Pendleton ficou estranho quando eu disse que contei ao senhor.

— É mesmo? — os lábios do médico se comprimiram.

— Sim. É claro que ele não queria que ninguém soubesse... que não era verdade. Mas por que o senhor não consegue o coração e a mão de uma mulher, Dr. Chilton?

Houve um instante de silêncio; depois, com gravidade, ele disse:

— Nem sempre eles estão à disposição de todos, menina.

Pollyanna pensou por um instante, a testa franzida.

— Mas acho que *o senhor*... poderia conseguir, se quisesse — respondeu ela, em tom inconfundível de elogio.

— Obrigado — riu o médico, com as sobrancelhas erguidas. — Mas temo que algumas de suas irmãs mais velhas não sejam tão... acessíveis. Pelo menos, elas... não têm se mostrado assim.

Pollyanna arregalou os olhos, surpresa.

— Mas, Dr. Chilton, não está querendo dizer que... já tentou atingir o coração de alguém, como Mr. Pendleton, e não foi correspondido, está?

O médico levantou-se de repente.

— Bem, Pollyanna, não deixe que os problemas de outras pessoas perturbem sua cabecinha. Agora deve voltar para Mrs. Snow. Escrevi o nome do remédio e as instruções sobre como tomar. Queria mais alguma coisa?

Pollyanna sacudiu a cabeça, em uma negativa.

— Não, senhor, obrigada — respondeu ela, encaminhando-se para a porta. Parou um pouco antes de chegar lá. — De qualquer forma, fico contente por não ter sido o coração e a mão de minha mãe que o senhor quis e não pôde obter, Dr. Chilton. Até logo.

Foi no último dia de outubro que o acidente ocorreu. Pollyanna, indo da escola para casa, atravessou a rua a uma distância aparentemente segura de um carro a motor.

O que aconteceu a seguir, porém, ninguém pôde determinar com precisão. Nem havia ninguém por perto para saber dizer o que aconteceu ou quem teria a culpa do que aconteceu. Pollyanna, entretanto, às cinco horas, foi trazida, inerte e inconsciente, para o pequeno quarto que ela tanto adorava. Lá, foi despida carinhosamente por uma tia Polly pálida e uma Nancy chorosa, e posta na cama, enquanto da vila, chamado por via telefônica, o Dr. Warren apressava-se a vir de automóvel.

Quando ele chegou e trancou-se no quarto com sua paciente, Nancy, soluçando, foi conversar com o velho Tom no jardim:

— Não precisa nada além de olhar para o rosto da tia dela. Basta um olhar para o rosto dela para ver que não era por dever que estava ali. Nossas mãos não ficam trêmulas e nossos olhos não ficam com aquela aparência de querer segurar o próprio Anjo da Morte, quando estamos apenas cumprindo o nosso dever, Mr. Tom. Não mesmo.

— Ela ficou muito ferida? — perguntou o jardineiro, com voz trêmula.

— Não é possível saber — soluçou Nancy. — Ela estava prostrada, branca e parada... parecia morta; mas Miss Polly diz que não estava morta... e Miss Polly saberia se alguém estivesse... ela ficou sentindo as batidas do coração e verificando a respiração.

— Não se pode saber o que aconteceu com ela? — O rosto do velho Tom estava transtornado.

— Não. Detesto pensar que tem alguma coisa corroendo por dentro nossa menina. Sempre detestei essas máquinas fedorentas de gasolina... sempre, sempre!

— Mas onde ela está ferida?

— Não sei, não sei — gemeu Nancy. — Tem um corte pequeno na cabeça, mas não parece ruim... Miss Polly diz que não foi isso. Tem medo que esteja ferida *infernalmente*.

Um brilho diferente assomou aos olhos de Tom.

— Acho que ela quis dizer *internamente*, Nancy. Por dentro... maldito seja aquele automóvel. Não acredito que Miss Polly fosse usar um nome como inferno...

— É? Eu não sei, não sei... — gemeu Nancy, balançando a cabeça ao afastar-se. — Acho que se eu ficar ocupada, consigo distrair-me enquanto o médico não sai do quarto. Queria ter muita coisa para lavar... toda a louça possível... — desabafou ela, torcendo as mãos sem parar.

Mesmo depois que o médico se foi, Nancy teve pouco o que informar a Tom. Aparentemente não havia ossos quebrados, e o corte fora pequeno. Porém, o médico pareceu muito preocupado. Sacudira a cabeça lentamente e dissera que apenas o tempo poderia trazer a solução. Depois que ele partiu, Miss Polly ficara ainda mais pálida e abatida do que antes. A paciente ainda não recobrara completamente a consciência, mas parecia estar descansando tão confortavelmente quanto se podia esperar. Uma enfermeira fora chamada e chegaria naquela noite.

Isso foi tudo. Nancy começou a soluçar e retornou para a cozinha.

Foi em algum ponto da tarde seguinte que Pollyanna abriu os olhos e percebeu onde estava.

— Tia Polly, o que aconteceu? Não é dia? Por que não consigo levantar? Tia Polly, não consigo levantar... — gemeu ela, deixando a cabeça cair no travesseiro, depois de uma tentativa inútil de erguer o corpo.

— Não, minha querida... é melhor não tentar, por enquanto — respondeu tia Polly, em voz baixa.

— Mas o que aconteceu? Por que não consigo levantar?

Os olhos de Miss Polly faziam uma indagação muda à jovem de touca branca que estava à janela, fora do alcance dos olhos de Pollyanna.

A jovem assentiu.

— Diga a ela — fizeram seus lábios sem emitir sons.

Miss Polly tentou desfazer o bolo que se formava em sua garganta.

— Você se machucou, minha querida, foi ferida por um automóvel ontem à noite. Mas não se importe com isso agora. Titia quer que você descanse e durma um pouco.

— Machuquei? Ah, é verdade, eu corri... — disse Pollyanna, com os olhos cheios de pavor. Ergueu a mão e tocou a testa. — Bem... parece inchado... e dói.

— Sim, minha querida. Mas não se importe com isso. Durma.

— Mas tia Polly, estou me sentindo esquisita... minhas pernas estão engraçadas... não as estou sentindo!

Com um olhar suplicante para o rosto da enfermeira, tia Polly lutou para levantar-se e foi para a janela. A enfermeira avançou com presteza.

— Bem, acho que é hora de conversarmos, agora — disse ela, com voz animada. — Tenho certeza de que chegou o momento de nos conhecermos melhor, e vou me apresentar. Sou Miss Hunt, e vim ajudar sua tia a cuidar da senhorita. E a primeira coisa que vou fazer é pedir que engula estes comprimidos brancos.

Os olhos de Pollyanna se arregalaram um pouco.

— Mas não preciso que cuidem de mim... quer dizer, não por muito tempo! Quero me levantar logo. Sabe, tenho de ir para a escola. Não posso ir para a escola amanhã?

Da janela, onde estava Miss Polly veio um soluço abafado.

— Amanhã? — sorriu a enfermeira. — Bem, não quero deixar que saia assim tão cedo, Miss Pollyanna. Mas tome estes comprimidos e vamos ver o que eles podem fazer.

— Está bem — concordou Pollyanna, com ar de dúvida. — Mas eu *preciso* ir à aula depois de amanhã... tenho prova, sabe?

E continuou falando, sobre a escola, sobre o automóvel e de como sua cabeça doía; contudo, em pouco tempo sua voz foi silenciando sob a abençoada influência das pequenas pílulas brancas que ingerira.

XXIV. John Pendleton

Pollyanna não foi para a escola nem no dia seguinte nem no outro. Entretanto, não chegou a perceber isso, a não ser momentaneamente, quando um período breve de consciência trouxe questões insistentes a seus lábios. Porém, não chegou a entender as coisas, até que se passasse uma semana; então a febre arrefeceu, a dor diminuiu bastante e sua mente passou a ficar plenamente consciente. Então foi preciso contar a ela o que havia acontecido.

— Então estou ferida, e não doente — suspirou ela, por fim. — Bem, estou contente por isso.

— Contente, Pollyanna? — perguntou a tia, que estava sentada ao lado da cama.

— É. Prefiro ter pernas quebradas, como Mr. Pendleton, do que ficar inválida para sempre, como Mrs. Snow. Pernas quebradas ficam boas, e invalidez permanente, não.

Miss Polly, que nada havia falado sobre pernas quebradas, ficou em pé subitamente e caminhou até a penteadeira do outro lado do aposento. Começou a apanhar um objeto depois do outro e largar cada um deles, em um padrão sem objetivo que não combinava com sua habitual atitude decidida. Seu rosto, entretanto, não parecia indiferente; estava pálido e abatido.

Na cama, Pollyanna piscava e observava as cores a dançar no teto, provenientes de um dos prismas à janela.

— Estou contente que não seja varíola, que é pior ainda do que sardas. — murmurou ela, satisfeita. — E estou contente que não seja coqueluche... já tive, e é horrível. Estou contente também que não seja apendicite nem sarampo, porque é contagioso... o sarampo... e então a senhora não poderia estar aqui.

— Você parece estar contente com muitas coisas, minha querida — hesitou tia Polly, colocando a mão na garganta, como se sentisse falta de ar.

Pollyanna riu suavemente.

— Estou mesmo. Fico pensando nessas coisas quando olho para esse arco-íris. Adoro arco-íris. Fiquei muito contente quando Mr. Pendleton me deu estes prismas. Estou contente por muitas coisas que não disse ainda. Não sei bem, mas acho que fiquei muito contente por ter-me machucado.

— Pollyanna!

Pollyanna riu outra vez e pousou os olhos luminosos na tia.

— Sabe, desde que me machuquei... a senhora me chamou de "querida" muitas vezes... e não fazia isso antes. Adoro que me chamem de "querida"... por pessoas que gostam da gente, quero dizer. Algumas das Auxiliadoras me chamavam assim; e era muito bom, evidentemente, mas não tão bom quanto se elas pertencessem a mim, como a senhora. Ah, tia Polly, estou tão contente que pertença a mim!

Tia Polly não respondeu. A mão estava outra vez na garganta. Seus olhos se encheram de lágrimas. Ela se voltou e apressou-se a passar pela porta, por onde a enfermeira entrava naquele momento.

Já era de tarde quando Nancy correu até o velho Tom, que limpava os arreios na cocheira. Os olhos dela estavam se revirando...

— Mr. Tom, Mr. Tom... adivinhe o que aconteceu? Não é capaz de adivinhar, nem em mil anos! Não é, não — disse ela, ofegante.

— Neste caso, acho que é melhor não tentar adivinhar — respondeu ele, sério. — Principalmente porque acho que só me restam uns dez anos para viver. Seria melhor você mesma me contar, Nancy.

— Então, escute... quem acha que está na sala, conversando com a patroa? Quem?

O velho Tom meneou a cabeça, em uma negativa.

— Não tenho a menor ideia.

— Pois saiba que é John Pendleton!

— Pare com isso, menina. Está brincando comigo.

— Não estou, não. Eu mesma atendi à porta... ele veio de muletas e tudo! E as pessoas que vieram acompanhá-lo estão neste minuto aí na porta, como se ele não fosse o rabugento que sempre foi, e que nunca conversou com ninguém! Imagine só, Mr. Tom... *ele*, visitando... a *patroa*.

— Bem, por que não? — indagou Tom.

Nancy lançou-lhe um olhar desdenhoso.

— Como se não soubesse...

— O quê?

— Ah, não precisa bancar o inocente — respondeu ela, com falsa indignação. — Foi o senhor que me deu a pista, em primeiro lugar.

— Como assim? O que quer dizer?

Nancy lançou um olhar através da porta do celeiro na direção da casa e deu um passo na direção do velho Tom.

— Escute! Foi o senhor quem me contou primeiro que Miss Polly teve um namorado, não foi? Bem, um dia acho que acabei somando dois e dois... e descobri que eram quatro, mas logo depois descobri que parecia mais um cinco...

Com um gesto de indiferença, o velho Tom voltou-se e recomeçou o trabalho.

— Se pretende conversar comigo, é melhor falar diretamente, sem rodeios. Nunca tive muita paciência para jogos de adivinhação...

Nancy riu.

— Bem, o caso é que ouvi umas coisas que me fizeram descobrir que ele foi o namorado de Miss Polly.

— Mr. Pendleton! — disse Tom, endireitando o corpo.

— Bem, eu sei... agora sei que não foi ele. Foi da mãe daquela criança abençoada que ele se enamorou, e por isso ele queria... deixe para lá — corrigiu ela a tempo, lembrando-se de que prometera a Pollyanna não contar que Mr. Pendleton a convidara para morar com ele. — Bem, estive perguntando para as pessoas sobre ele, desde então, e descobri que ele e Miss Polly não são amigos há muitos anos, e que esta o vem odiando desde que surgiram mexericos juntando o nome dos dois, quando tinha ela dezoito ou vinte anos de idade.

— Sim, eu me lembro — disse o velho Tom. — Foi três ou quatro anos depois que Miss Jennie o rejeitou e fugiu com aquele outro sujeito. Miss Polly sabia disso, é claro, e ficou com pena dele. Então tentou ser boazinha com ele. Talvez tenha exagerado um pouco... ela odiava aquele tal pastor que levou a irmã dela. De qualquer forma, alguém começou a provocar encrenca. Disseram que ela estava correndo atrás dele.

— Correndo atrás de algum homem... justo ela! — espantou-se Nancy.

— Sei disso, mas houve o boato — declarou o velho Tom. — E, é claro, nenhuma garota teria suportado isso. Então, exatamente nessa época, veio o próprio namorado e os problemas com *ele*. Depois disso, Miss

Polly se fechou como uma ostra. O coração dela deu a impressão de ir ficando amargo aos poucos.

— Sim, eu sei. Agora já ouvi essa história — concordou Nancy. — E por isso mesmo qualquer um poderia ter-me derrubado, até com uma pena quando vi que era *ele* à porta... justo *ele*, com quem Miss Polly não falava havia muitos anos. Mas eu o deixei entrar e fui chamar a patroa.

— O que ela disse? — quis saber Tom, prendendo o fôlego.

— Nada... no começo. Ficou tão quieta, que pensei que não tivesse escutado... eu já ia repetir o que tinha dito, quando ela me disse, com voz bem baixa: "Diga a Mr. Pendleton que já vou descer". Então eu fui e disse o que ela havia mandado. Depois saí e vim diretamente falar com o senhor — concluiu Nancy, lançando mais um olhar na direção da casa.

O velho Tom grunhiu algo ininteligível, e voltou a trabalhar.

Na sala de visitas da mansão Harrington, Mr. John Pendleton não teve de esperar muito antes que um passo leve o avisasse da chegada de Miss Polly. Enquanto ele ia se levantando, ela fez um gesto que o impediu. Contudo, não lhe ofereceu a mão, e o rosto parecia frio e reservado.

— Vim para saber de Pollyanna — começou ele, um tanto bruscamente.

— Obrigada. Ela está praticamente na mesma — respondeu Miss Polly.

— Não pode me dizer como está ela? — insistiu ele, agora com voz hesitante.

Um rápido espasmo de dor passou pelo rosto da mulher.

— Não posso. Gostaria muito de poder.
— Quer dizer... que não sabe?
— Sim.
— Mas... o médico?
— O próprio Dr. Warren parece... não saber. Ele está se correspondendo com um especialista de Nova York. Ambos estão combinando uma consulta.
— Mas... quais foram os ferimentos conhecidos?
— Um pequeno corte na cabeça, uma ou duas escoriações e... uma torção na espinha que parece ter provocado paralisia dos quadris para baixo.

Um gemido baixo escapou do homem. Depois de um silêncio breve, ele voltou a falar, com voz rouca:

— E Pollyanna, como aceitou a situação?
— Ela não compreendeu direito ainda como as coisas realmente são. E não tive coragem de contar a ela ainda.
— Mas ela precisa saber... alguma coisa.

Miss Polly ergueu a mão até a gola, em um gesto que vinha se tornando familiar.

— Sim. Ela sabe que não pode... se mover; mas imagina que suas pernas estejam quebradas. Ela diz ter ficado contente por ter quebrado as pernas como o senhor em vez de ficar "inválida para sempre" como Mrs. Snow, porque pernas quebradas saram, e invalidez não. Fala assim o tempo todo... tenho vontade de... morrer.

Através das lágrimas nos próprios olhos, o homem viu o desespero no rosto em frente a ele, tocado pela emoção. Involuntariamente, seus pensamentos se transportaram ao que Pollyanna tinha dito quando ele pediu sua presença permanente... "Ah, eu não poderia deixar a tia Polly... agora!"

Foi esse pensamento que o fez perguntar com delicadeza, quando conseguiu controlar a voz:

— Imagino se sabe, Miss Harrington, quanto eu tentei convencer Pollyanna a vir morar comigo.

— Com o senhor! Pollyanna?

O homem piscou com o tom de voz dela; mas a própria voz parecia fria e impessoal quando voltou a falar.

— Sim, eu queria adotá-la... legalmente, é claro, tornando-a minha herdeira.

A mulher na cadeira oposta relaxou um pouco. Veio a ela, de repente, o brilhante futuro que poderia haver ali para Pollyanna, naquela adoção; perguntou-se se Pollyanna teria idade suficiente... e se era suficientemente mercenária, para ser tentada pela posição e dinheiro daquele homem.

— Gosto muito de Pollyanna — continuou ele. — Tanto por ela quanto... pela mãe. Estou pronto para dar a ela o amor que guardei por vinte e cinco anos.

— Amor...

Miss Polly lembrou-se subitamente do motivo pelo qual *ela* acolhera aquela criança, em primeiro lugar, e com isso lhe veio a lembrança das palavras de Pollyanna, ditas naquela manhã mesmo. "Adoro que me chamem de 'querida'... por pessoas que gostem de nós." E fora àquela menina, carente de amor, que ele oferecera a afeição guardada durante vinte e cinco anos. E Pollyanna *tinha* idade suficiente para ser tentada pelo amor! Com o coração pesado, Miss Polly percebeu aquilo. Também com o coração pesado percebeu algo mais; a aridez de um futuro para ela... sem Pollyanna.

— Bem? — disse ela.

O homem, reconhecendo o autocontrole que vibrou na dureza do tom da voz dela, sorriu tristemente.

— Ela não quis vir — respondeu.

— Por que não?

— Não queria deixá-la. Disse que a senhora havia sido muito boa para ela. Que desejava ficar com a senhora... e disse que *achava* que a senhora desejava ficar com ela — concluiu ele, colocando-se em pé.

Não olhou para Miss Polly. Voltou o rosto resoluto para a porta. Instantaneamente ele ouviu um passo a seu lado, e encontrou a mão trêmula de Miss Polly, que se estendia em sua direção.

— Quando o especialista vier, e eu souber alguma coisa... de definitivo sobre Pollyanna, o senhor logo saberá as notícias — declarou com voz trêmula. — Até logo, e obrigada por ter vindo. Pollyanna ficará contente.

XXV. Um jogo de espera

No dia seguinte ao da visita de John Pendleton à mansão Harrington, Miss Polly dedicou-se a preparar Pollyanna para a visita do especialista.

— Pollyanna, minha querida... resolvemos, o Dr. Warren e eu, que seria conveniente um outro médico vir examiná-la — disse ela, com suavidade. — Outro que possa fazer algo para que fique boa mais depressa.

Pollyanna sorriu.

— O Dr. Chilton! Oh, tia Polly, eu adoraria ter o Dr. Chilton aqui! Sempre quis que ele viesse, mas fiquei com medo que a senhora não quisesse, por ele a ter visto no solário naquele dia. Então eu não quis dizer nada. Mas estou contente que o tenha chamado.

O rosto de tia Polly tornou-se pálido, depois vermelho, depois voltou a empalidecer. Quando ela respondeu, demonstrou claramente que tentava falar de modo alegre.

— Não, minha querida, eu não estava falando do Dr. Chilton. É um novo médico... famoso de Nova York, que... sabe muito sobre... ferimentos como o seu...

O rosto de Pollyanna fechou-se.

— Não acredito que ele saiba a metade do que o Dr. Chilton sabe.

— Sabe sim, minha querida, tenho certeza.

— Bem, foi o Dr. Chilton quem curou a perna quebrada de Mr. Pendleton, tia Polly. Se... se a senhora não se importar *muito*, eu gostaria que o Dr. Chilton tratasse do meu caso... Gostaria muito!

Uma nota de perturbação assomou ao rosto de Miss Polly. Por um instante ela não disse nada, e quando falou, foi com o antigo tom de decisão:

— Mas eu me importo, Pollyanna. Importo-me muito. Eu faria qualquer coisa... quase qualquer coisa por você, minha querida; mas por motivos que preferia não mencionar agora, não gostaria que o Dr. Chilton viesse... E, acredite em mim, ele não pode saber tanto sobre... seu problema quanto esse grande médico sabe... esse que vem de Nova York amanhã.

Pollyanna ainda não parecia convencida.

— Mas tia Polly, se a senhora *gostasse* do Dr. Chilton...

— O que, Pollyanna? — disse tia Polly com voz firme e as faces bastante vermelhas.

— Eu quis dizer, se a senhora gostasse do Dr. Chilton e não gostasse do outro — suspirou Pollyanna. — Parece-me que faria diferença no bem que ele poderia fazer; e eu gosto muito do Dr. Chilton.

A enfermeira entrou no aposento naquele momento, e tia Polly ergueu-se abruptamente, parecendo aliviada.

— Sinto muito, Pollyanna, mas terá de me deixar decidir desta vez. Além disso, já está tudo acertado. O médico de Nova York chegará amanhã.

Entretanto, não foi isso que aconteceu. No último instante, chegou um telegrama falando que por um motivo de doença o médico teria de adiar o compromisso. Isso levou Pollyanna a pedir novamente a vinda do Dr. Chilton.

Porém, como da primeira vez, tia Polly balançou a cabeça e disse "não, minha querida", muito decididamente, porém sem deixar de afiançar que seria capaz de qualquer coisa... menos aquilo, para agradar a sua querida Pollyanna.

E os dias de espera que se seguiram passaram um a um, e tornou-se claro que tia Polly estava fazendo tudo (menos aquilo) o que podia para agradar à sobrinha.

Em uma manhã, Nancy estava conversando com o velho Tom:

— Eu não teria acreditado... o senhor não iria conseguir me fazer acreditar nisso. Não há um minuto no dia em que Miss Polly não esteja por perto, pronta a fazer alguma coisa para aquele abençoado cordeirinho, mesmo que seja apenas deixar o gato entrar. Ela, que há uma semana jamais teria deixado Fluffy ou Buff irem ao andar de cima por nenhum dinheiro no mundo, agora não liga que eles fiquem desarrumando a cama, porque Miss Pollyanna adora isso! E quando ela não está fazendo nada, fica mexendo naqueles pingentes de vidro pelo quarto para que façam a dança do arco-íris, como aquela criança abençoada chama isso. Mandou Timothy três vezes à estufa para colher flores frescas... e, além disso, põe flores nos cabelos, também. E o outro dia, a encontrei defronte da cama, com a enfermeira a pentear seus cabelos de um certo modo, só para agradar a Pollyanna. E tudo isso com os olhos brilhando de felicidade. Declaro ainda que doravante Miss Polly irá usar o cabelo assim todos os dias, só para agradar àquela criança abençoada.

O velho Tom riu.

— Bem, parece-me que Miss Polly não está nada mal usando aqueles cachos na testa...

— Claro que não... ela parece *gente* agora — disse Nancy, quase indignada. — Ela ficou...

— Cuidado, Nancy! — avisou o ancião, com um sorriso. — Sabe o que disse quando eu falei que ela foi bonita.

Nancy deu de ombros.

— Não estou dizendo que ela seja bonita, mas admito que ela não parece a mesma mulher, com todos aqueles laços e fitas que Miss Pollyanna a faz usar ao redor do pescoço.

— Eu disse que ela não era velha.

Nancy riu.

— Bem, tenho de reconhecer que ela conseguiu uma belíssima imitação disso... até que veio Miss Pollyanna. Diga, Mr. Tom, *quem foi* o namorado dela? Ainda não descobri.

— Ainda não? — perguntou Tom, com um olhar estranho no rosto. — Bem, pois não vai saber por meu intermédio.

— Ah, Mr. Tom... por favor... por favor... Sabe, não há muita gente para quem eu possa perguntar.

— Talvez não... mas mesmo assim, aqui há um que não vai responder... — sorriu o velho Tom. Então seu olhar ficou sombrio: — como está ela hoje... a menina?

Nancy balançou a cabeça. Seu rosto, também, ficou sério.

— Na mesma, Mr. Tom. Não se vê nenhuma alteração... ela fica deitada lá, dorme um pouco, fala um pouco, tenta sorrir "para ficar contente", ou porque o sol está se pondo, ou porque a lua nasceu, ou por qualquer outra coisa — coisa de cortar o coração...

— Eu sei, é o "jogo"... abençoado seja o coraçãozinho dela — disse o velho Tom, piscando.

— Ela lhe contou, então, sobre aquele "jogo"?

— Contou, sim. Há muito tempo — hesitou o homem, depois continuou, comprimindo os lábios. — Eu estava reclamando, certo dia, de estar tão curvado; sabe o que aquela coisinha linda disse para mim?

— Não saberia adivinhar... Não consigo pensar em nada para ficar contente, neste caso!

— Pois ela conseguiu. Disse que eu podia ficar contente porque *não precisava me curvar tanto para fazer meu trabalho*... eu já estava curvado pela metade.

Nancy deu um gargalhada curta.

— Então ela encontrou alguma coisa... sempre encontra. Jogávamos esse jogo sempre, porque, de início, não havia ninguém mais para ela jogar... embora ela tivesse falado... da tia.

— Miss Polly!

Nancy riu.

— Acho que não possui uma opinião muito diferente da minha sobre a patroa... — disse ela.

— Só acho que... seria uma surpresa... para ela — explicou Tom, empertigado.

— Bem, acho que sim... na época, mas não atualmente. Hoje em dia acredito em qualquer coisa sobre a patroa... até que ela mesma esteja jogando!

— Mas a menina nunca contou para ela? Contou a todos, eu acho. Pelo menos escuto falar sobre isso em todos os lugares, desde que ela ficou doente — declarou Tom.

— Bem, ela ainda não contou a Miss Polly — respondeu Nancy. — Miss Pollyanna me disse há muito tempo que não podia contar para a tia, porque estava proibida por ela de falar sobre o pai; e como era o jogo do pai dela, teria de falar sobre ele quando explicasse. Então, jamais contou à tia.

— Certo, certo — assentiu o velho empregado, lentamente. — Eles sempre trataram muito mal aquele pastor... todos eles... porque levou deles Miss Jennie. E Miss Polly, que era muito jovem, jamais conseguiu perdoar ao homem. Ela adorava Miss Jennie, naquela época... foi mesmo uma tragédia.

Depois de falar, Tom voltou-se.

— Foi mesmo... se foi — murmurou Nancy, retornando à cozinha.

Os dias de espera não foram fáceis para ninguém. A enfermeira tentava parecer alegre, mas seus olhos a traíam. O médico estava abertamente nervoso e impaciente. Miss Polly falava pouco; nem mesmo as ondas de cabelo de seu rosto, e os laços na gola conseguiam esconder o fato de que estava emagrecendo. Quanto a Pollyanna, ela acariciava o cão, alisava a cabeça do gato, admirava as flores e comia as frutas e geleias que lhe eram enviadas, além de responder a inumeráveis votos de amor e restabelecimento que lhe eram levados até a cabeceira. Porém, ela também emagrecia; e a atividade nervosa das pequenas mãos e braços só enfatizavam a imobilidade das pernas e pés, que tinham sido tão ativos e agora estavam estranhamente quietos sob as cobertas.

Quanto ao jogo, Pollyanna disse a Nancy que estava muito contente de pensar como ficaria feliz de voltar à escola, ver Mrs. Snow, visitar Mr. Pendleton e depois pegar uma carona com o Dr. Chilton; nem pareceu se dar conta de que sua alegria estava no futuro, não no presente. Nancy, entretanto, compreendeu tudo... e chorou, quando estava sozinha.

XXVI. Uma porta lateral

Apenas uma semana depois da data marcada, o Dr. Mead, o especialista, apareceu. Era um homem alto, de ombros largos, com olhos acinzentados e bondosos, e um sorriso animador. Pollyanna gostou dele logo de início, e declarou-o:

— O senhor se parece muito com o *meu* médico, sabe? — disse ela, em tom de conversa.

— *Seu* médico? — espantou-se o Dr. Mead, olhando para o Dr. Warren, que conversava com a enfermeira, a alguns passos dali.

O Dr. Warren era um homem pequeno, de olhos castanhos, que usava uma barba pontuda.

— Não, aquele *não é* meu médico — sorriu Pollyanna, adivinhando-lhe os pensamentos. — O Dr. Warren é o médico da tia Polly. Meu médico é o Dr. Chilton.

— Oh... — fez o Dr. Mead, voltando o olhar para tia Polly, que enrubesceu e virou o rosto.

— É, sim — continuou Pollyanna, com sua franqueza habitual. — Sabe, eu sempre quis que Dr. Chilton tratasse do meu caso, mas tia Polly queria o senhor. Ela disse que o senhor sabia mais do que o Dr. Chilton... sobre pernas quebradas como as minhas. E naturalmente, se souber, posso ficar contente.

Algo difícil de definir passou pela expressão do Dr. Mead.

— Só o tempo poderá responder a isso, menina — respondeu ele, com suavidade.

Então voltou o rosto para o Dr. Warren, que acabara de se aproximar da cama.

Todos disseram, mais tarde, que a causa foi o gato. De fato, se Fluffy não tivesse colocado uma pata e o nariz curioso contra a porta de Pollyanna, a porta não teria aberto sem ruído até que ficasse uma fresta de mais de trinta centímetros; e se a porta não estivesse aberta, Pollyanna não teria podido ouvir as palavras da tia.

No saguão estavam os dois médicos, a enfermeira e Miss Polly, a conversar. No quarto de Pollyanna, Fluffy saltara sobre a cama com um ronronar de alegria, quando veio através da porta aberta um grito claro e agudo por parte da tia Polly.

— Isso não! Doutor, isso não... não está querendo dizer... que ela jamais vai andar outra vez!

Então sobreveio a confusão. Em primeiro lugar, Pollyanna ficou apavorada no quarto.

— Tia Polly, tia Polly!

Então Miss Polly, vendo a porta entreaberta, compreendeu que suas palavras haviam sido ouvidas, soltou um gemido abafado e, pela primeira vez em sua vida, desmaiou.

— Ela ouviu! — exclamou a enfermeira, assustada, e foi na direção da porta. Os dois médicos ficaram com Miss Polly. O Dr. Mead teve de ficar, já que a amparara quando ia caindo. O Dr. Warren ficou sem ação, sem saber o que fazer. Só depois que Pollyanna gritou outra vez é que os dois homens, olhando um para o outro, evocaram seu dever de despertar a mulher nos braços do Dr. Mead...

No quarto de Pollyanna, a enfermeira encontrou o gato cinza ronronando, tentando inutilmente atrair a atenção da menina de rosto pálido e olhos arregalados.

— Miss Hunt, por favor, quero tia Polly. Agora, por favor.

A enfermeira fechou a porta e veio na direção da menina, com o rosto sem cor.

— Ela não pode vir imediatamente, minha querida. Vem daqui a pouco... O que foi? Posso pegar alguma coisa para a senhorita?

Pollyanna sacudiu a cabeça.

— Quero saber o que ela disse... agora há pouco. A senhora escutou? Quero a tia Polly. Ela disse algo. Quero que me diga que não é verdade... que não é verdade!

A enfermeira tentou falar, mas a voz não saiu. Algo em seu rosto aumentava o medo de Pollyanna.

— Miss Hunt, a senhora ouviu! *É verdade*! Mas não pode ser... não deve ser isso. Que não vou andar nunca mais...

— Minha querida... não fique assim... por favor — disse a enfermeira. — Talvez ele não saiba... pode ter sido um engano. Existem muitas coisas que podem acontecer, sabe?

— Mas a tia Polly disse que ele sabia... disse que ele sabe mais do que todos, sobre... pernas quebradas, como as minhas.

— Eu sei, minha querida; mas todos os médicos cometem erros de vez em quando. Não pense sobre isso agora... por favor, minha querida.

Pollyanna balançava os braços.

— Mas não consigo deixar de pensar nisso agora — soluçou ela. — Há tanta coisa para pensar. Como vou então para a escola, Miss Hunt? Ou visitar Mr. Pendleton, ou Mrs. Snow, ou... qualquer outra pessoa? Se não posso andar, Miss Hunt... como vou ficar contente com *qualquer outra coisa*?

Miss Hunt não conhecia o "jogo", mas sabia que sua paciente precisava acalmar-se, e rapidamente. A despeito de sua perturbação, as mãos não haviam estado ociosas, e agora ela estava ao lado da cama com um copo de água e um calmante.

— Tome isso, minha querida... — pediu ela. — Vamos ficar mais tranquilas e veremos o que pode ser feito. Muitas vezes as coisas não são tão ruins quanto a gente imagina, minha querida.

Obedientemente, Pollyanna tomou o remédio com o copo com água que a enfermeira trouxera.

— Eu sei; isso parece com as coisas que meu pai costumava dizer. Ele dizia que sempre podia existir alguma coisa pior — disse a menina, soluçando. — Mas sei que ele nunca ouviu que não poderia andar nunca mais. Não vejo como algo pode ser pior do que isso... a senhora vê?

Miss Hunt não respondeu. Não conseguia desatar o nó que tinha na garganta...

XXVII. Duas visitas

Foi Nancy a escolhida para ser enviada a Mr. John Pendleton com o diagnóstico do Dr. Mead. Miss Polly lembrara-se de sua promessa de lhe passar a informação. Ir em pessoa ou escrever uma carta estava fora de questão. Então lhe ocorreu enviar Nancy.

Houve uma época em que Nancy teria se alegrado muito com essa extraordinária oportunidade de ver a Casa dos Mistérios e seu dono. Mas naquele dia seu coração parecia pesado demais para alegrar-se com qualquer coisa. Mal olhou ao redor nos poucos minutos em que esperou por Mr. Pendleton.

— Sou Nancy, senhor — disse ela, respeitosamente, em resposta à pergunta silenciosa nos lábios dele, quando entrou. — Miss Harrington mandou-me aqui para falar-lhe sobre Miss Pollyanna.

— E então?

— Ela não está bem, Mr. Pendleton — soluçou Nancy.

— Não quer dizer que...

— Sim, senhor. O médico disse que Miss Pollyanna não poderá andar outra vez... nunca mais.

Por um instante, a sala permaneceu em silêncio mortal; então o homem falou, com voz alterada pela emoção.

— Pobrezinha! Pobrezinha...

Nancy ergueu os olhos para ele, mas baixou os olhos em seguida. Não imaginara que o rabugento John Pendleton pudesse ter aquela aparência. Depois de um instante ele falou outra vez, com a mesma voz insegura e baixa:

— É muito cruel... nunca mais vê-la dançar ao sol! Minha menina do prisma!

Houve um instante mais de silêncio, depois abruptamente ele disse:

— Naturalmente, ela não sabe disso ainda... sabe?

— Infelizmente sabe, senhor. Isso é o que torna tudo mais difícil. Ela descobriu tudo... maldito gato! — desabafou Nancy, soluçando. — O gato abriu a porta e Miss Pollyanna escutou o que eles conversavam. Foi assim que ela descobriu.

— Pobre menina... — suspirou ele outra vez.

— Verdade, senhor. É o que diria se pudesse vê-la — disse Nancy. — Eu mesma não a vi senão duas vezes depois que ela ficou sabendo, e fiquei duas vezes consternada. A situação é nova para ela; fica pensando nas coisas que não pode fazer. Isso a preocupa também, senhor, porque não consegue pensar em nada que a deixe contente... mas talvez o senhor não saiba sobre o jogo...

— O "jogo do contente"? Sei, sim, ela me contou.

— Ela contou! Bem, acho que ensinou a todos mesmo. Mas veja, agora... ela não está conseguindo jogar com ela mesma, e isso a preocupa. Diz que não consegue pensar em absolutamente nada... não conseguiu achar nada... nada mesmo sobre ficar contente por não andar.

— Bem, e por que deveria ficar? — perguntou o homem, abruptamente.

Nancy passou a apoiar o peso do corpo na outra perna.

— É como me sinto também... até que pensei... bem, seria mais fácil se ela encontrasse algo. Sabe como é... a ajudaria lembrar-se de tudo.

— Lembrar-se de quê? — indagou John Pendleton, com voz impaciente.

— Lembrar-se de como ensinou os outros a jogar... Mrs. Snow e todos os outros, sabe? As coisas que disse a eles, e o que os fez pensarem... Mas a pobrezinha só chora, e diz que não parece a mesma coisa. Afirma que é muito mais fácil dizer a inválidos que fiquem contentes do que ela dizer isso a si mesma. Diz que fica contente lembrando a si mesma de quanto as outras pessoas gostam dela; mas, no mesmo instante em que está dizendo, não está na verdade *pensando* em nada, a não ser em quando vai poder andar outra vez.

Nancy fez uma pausa, mas o homem não falou nada. Estava sentado com a mão sobre os olhos.

— Então eu tentei lembrá-la de como usava esse mesmo jogo, e como era melhor ainda quando era difícil. Mas ela diz que isso também é diferente, porque quando é de verdade, é mais difícil — disse Nancy. — Agora preciso ir andando, senhor.

À porta, ela hesitou, voltou-se e indagou com timidez:

— Eu poderia dizer a Miss Pollyanna que o senhor chegou a se encontrar com Jimmy Bean, senhor?

— Não vejo como poderia... já que isso não aconteceu ainda — respondeu ele. — Por quê?

— Nada, senhor. Na verdade esta é uma das coisas sobre a qual ela estava se sentindo mal; que não pudesse ter trazido o menino para ver o senhor. Ela diz que o trouxe uma vez, mas não acha que ele tenha se mostrado muito bem nesse dia, e tinha medo que o senhor, por causa disso, não o aceitasse como presença infantil em sua casa. Talvez saiba o que ela quis dizer com isso; eu não entendi, senhor.

— Sim, eu sei o que ela quis dizer.

— Muito bem, senhor. É que ela queria levá-lo até o senhor outra vez, para mostrar que bela presença infantil ele pode ser, e agora... maldito carro! Peço suas desculpas, senhor. Até mais ver.

Dizendo aquilo, Nancy precipitou-se para fora com rapidez.

Não demorou muito para que toda a cidade de Beldingsville ficasse sabendo que o grande médico de Nova York dissera que Pollyanna Whittier não andaria novamente; e certamente nunca a cidade estivera tão agitada. Todos conheciam de vista o pequeno rosto cheio de sardas que sempre tinha um sorriso para cumprimentar cada um, e quase todos conheciam o jogo que Pollyanna tinha o hábito de jogar. Pensar que nunca mais veriam o rostinho sorridente pelas ruas... nunca mais ouviriam aquela voz contar alguma experiência do cotidiano! Parecia impossível, inacreditável, cruel.

Nas cozinhas, nas salas de estar e sobre as cercas divisórias dos quintais as mulheres falavam sobre o assunto e choravam abertamente. Nas esquinas das ruas e nos locais de descanso das lojas, os homens também conversavam, e também choravam... embora não tão abertamente. E esse sentimento geral aumentou quando Nancy trouxe a notícia de que Pollyanna estava desolada porque não conseguia mais jogar o jogo; que não conseguia ficar contente com coisa alguma.

Foi nessa ocasião que o mesmo pensamento deve ter ocorrido a todos os amigos de Pollyanna. Em todos os casos, quase simultaneamente, a senhora da mansão Harrington, para sua surpresa, começou a receber visitas: de pessoas que conhecia e de pessoas que não conhecia; de homens, mulheres e crianças... muitas das quais Miss Polly não imaginava que a sobrinha conhecesse.

Alguns vinham e ficavam sentados por cinco ou dez minutos. Outros ficavam, sem jeito, nos degraus da varanda, mexendo, sem graça, nos chapéus e nas bolsas, segundo o sexo. Alguns traziam um livro, ou um buquê de flores, ou uma guloseima para tentar o paladar. Alguns choravam abertamente. Outros viravam de costas e assoavam ruidosamente o nariz. Porém todos indagavam ansiosamente sobre a menina ferida; e todos lhe mandavam alguma mensagem... e foram essas mensagens, que depois de algum tempo, tornaram-se a grande ocupação de Miss Polly.

Primeiro veio John Pendleton. Sem as muletas.

— Não preciso dizer como isso foi um choque para mim — disse ele. — Mas será que não se poderá fazer mais alguma coisa?

Miss Polly fez um gesto de desespero.

— Estamos fazendo tudo, o tempo todo. O Dr. Mead prescreveu determinados remédios e terapias que podem ajudar, e o Dr. Warren os está realizando ao pé da letra, naturalmente. Mas a verdade é que o Dr. Mead não tem muita esperança.

John Pendleton ergueu-se abruptamente, embora tivesse acabado de chegar. Seu rosto estava pálido, e a boca apertada em linhas retilíneas. Miss Polly, olhando-o, percebeu que ele não poderia ficar mais tempo ali. À porta, ele se voltou.

— Tenho um recado para Pollyanna — disse ele. — Pode dizer a ela, por favor, que eu me encontrei com Jimmy Bean, e que ele ficará comigo daqui em diante. Diga-lhe que pensei que ela ficaria... *contente* se eu o adotasse.

Por um instante, Miss Polly perdeu seu autocontrole, geralmente tão rígido.

— Vai adotar Jimmy Bean?

— Sim. Acho que Pollyanna irá entender. Diga-lhe que pensei que isso a deixaria... "contente".

— Bem... naturalmente — concordou Miss Polly.

— Obrigado — agradeceu John Pendleton, e voltou-se para sair.

No meio da soleira da porta, Miss Polly permaneceu, parada, em silêncio e abismada, ainda olhando na direção do homem que acabava de sair. Ainda assim, mal podia acreditar em seus ouvidos. John Pendleton *ia adotar* Jimmy Bean? John Pendleton, rico, independente, rabugento, com uma reputação de ser incrivelmente egoísta, ia adotar um menino... como aquele?

Com uma expressão abalada no rosto, tia Polly subiu até o quarto de Pollyanna.

— Pollyanna, tenho um recado para você, de John Pendleton. Ele acaba de sair daqui. Pediu que eu lhe contasse que ele vai adotar Jimmy Bean. Ele disse que acredita que você vá ficar contente com isso.

O rosto de Pollyanna se transformou em uma verdadeira máscara de alegria.

— Contente? *Contente?* Estou mesmo muito contente. Oh, tia Polly, eu queria tanto ter encontrado um lugar para Jimmy... e ele encontrou um lugar tão bonito! Além disso, também estou contente por Mr. Pendleton. Sabe, agora ele vai ter a presença infantil.

— O quê?

Pollyanna enrubesceu dolorosamente. Tinha se esquecido de que não contara à tia sobre a vontade de Mr. Pendleton em adotá-la... e certamente não queria que tia Polly pensasse um segundo sequer que ela poderia deixá-la... a querida tia Polly.

— A presença infantil... é o que Mr. Pendleton me disse uma vez. Ele falou que apenas a mão e o coração de uma mulher ou a presença de uma criança poderiam transformar uma casa... em lar. E agora ele conseguiu... a presença de uma criança.

— Estou vendo — concordou tia Polly, com suavidade. — Estou vendo.

E via muito mais do que Pollyanna percebia, pois percebeu a pressão à qual a menina fora exposta, na época em que John Pendleton queria que ela fosse a "presença infantil", que iria transformar sua grande pilha de pedras acinzentadas em lar. Os olhos dela ficaram brilhantes de lágrimas de emoção.

Pollyanna, com receio de que sua tia quisesse fazer mais perguntas embaraçosas, apressou-se em dirigir a conversa para longe do assunto Pendleton.

— O Dr. Chilton também disse o mesmo... que é necessária a mão e o coração de uma mulher, ou a presença de uma criança para fazer um lar — observou ela.

Miss Polly voltou-se.

— *O Dr. Chilton!* Como sabe disso?

— Ele mesmo me disse. Foi quando ele contou que morava em dois quartos apenas... sabe como é. Não é um lar, ele disse.

A tia não respondeu, com os olhos perdidos a olhar pela janela.

— Então eu perguntei a ele por que não providenciava... a mão e o coração de uma mulher, para ter um lar.

— Pollyanna! — disse Miss Polly, virando-se para a sobrinha, com o rosto vermelho.

— Bem, eu perguntei... ele me olhou de um jeito tão triste.

— O que ele respondeu? — indagou Miss Polly, contrariando uma força interna que a aconselhava a não perguntar.

— Primeiro ele não falou nada... ficou quase um minuto sem dizer nada. Depois falou tão baixo que mal deu para escutar. Disse que não estavam disponíveis...

O silêncio se fez no quarto. Os olhos da tia Polly se voltaram outra vez para a janela, com o rosto em fogo.

Pollyanna suspirou.

— Ele quer uma, sei disso, e gostaria que ele conseguisse essa mulher.

— Como sabe, Pollyanna?

— Porque depois, em um outro dia, ele disse algo mais. Disse em tom baixo também, mas eu ouvi. Disse que daria tudo o que tem no mundo se conseguisse o coração e a mão de uma mulher. Por que pergunta, tia Polly? Qual o problema?

A tia se voltara outra vez para o lado externo da janela.

— Por nada, minha querida... só estava consertando a posição desse prisma — respondeu ela, com o rosto ainda em fogo.

XXVII. O jogo e seu jogador

Não se passou muito tempo desde a segunda visita de John Pendleton, até que Milly Snow viesse, em uma tarde. Milly Snow nunca estivera antes na mansão dos Harrington. Estava corada e parecia muito embaraçada quando Miss Polly entrou no aposento.

— Vim para saber da menina — gaguejou ela.

— Muita bondade sua. Ela está na mesma. Como está sua mãe? — perguntou Miss Polly.

— Foi o que vim fazer... quer dizer, vim pedir que dissesse a Miss Pollyanna... — respondeu a menina, sem fôlego. — Achamos que é uma coisa horrível... uma coisa péssima que a pobrezinha não possa andar mais; depois de tudo o que ela fez por nós... pela minha mãe, sabe, ensinando-a a jogar o jogo, e tudo o mais. E quando ouvimos que ela mesma não consegue jogar... coitadinha! Tenho certeza de que, na condição dela, eu não ia querer também... mas quando nos lembramos de todas as coisas que fez por nós, pensamos que se ao menos ela pudesse saber o que fez por nós... que ajudaria, sabe, no caso dela, sobre o jogo, porque ela poderia ficar contente... um pouco contente, pelo menos, por ter ajudado tanto... — Milly interrompeu-se, e pareceu ficar aguardando que Miss Polly dissesse algo.

Ela ficara escutando educadamente, mas com uma pergunta no olhar. Entendera apenas metade do que fora dito. Estava pensando que sempre soubera que Milly era "estranha", mas jamais imaginara que fosse louca. De que outra forma poderia explicar aquela torrente de palavras incoerentes?

Quando veio a pausa, ela achou que seria sua vez de falar:

— Não sei se entendi bem, Milly. O que deseja que eu diga à minha sobrinha?

— Isso mesmo. Gostaria que dissesse a ela — respondeu a garota —, que a fizesse ver o que fez por nós. Certamente ela percebeu muitas coisas, porque esteve lá, e sabe que mamãe ficou diferente; mas eu queria que soubesse *como* ficou diferente do que era, e eu também fiquei diferente. Tenho tentado jogar... um pouco.

Miss Polly franziu a testa. Queria perguntar a Milly o que ela queria dizer com esse "jogo" mas não houve oportunidade. Milly já estava se apressando em falar outra vez.

— Sabe, nada foi mais como antes... para mamãe. Ela estava sempre querendo algo diferente do que tinha. E não se pode mesmo culpá-la, por causa das circunstâncias. Mas agora ela me deixa manter as persianas levantadas, e se interessa pelas coisas... como seu cabelo está, qual camisola vai usar, e assim por diante. E na verdade, até começou a tricotar coisas pequenas, como toucas e cobertores para crianças, para quermesses e hospitais. E está tão interessada que fica contente em pensar que é capaz de fazer isso! Tudo isso foi obra de Miss Pollyanna, sabe, porque ela disse que mamãe podia ficar contente por ter as mãos e os braços... isso fez com que ela pensasse na mesma hora se não poderia fazer alguma coisa com as mãos e com os braços... por isso, começou a tecer. Pode imaginar como o quarto parece diferente agora, com os novelos vermelhos, azuis e amarelos, e os prismas nas janelas que Miss Pollyanna deu de presente... na verdade, sinto-me melhor só de entrar lá, agora; antes eu não gostava, era tão escuro e sombrio... minha mãe era tão... infeliz.

Milly parou por um instante, para tomar fôlego.

— Então eu queria que dissesse a Miss Pollyanna que sabemos que toda essa mudança ocorreu por causa dela. Por favor, diga que ficamos muito contentes por conhecê-la, e que pensamos que se ela soubesse disso, poderia ficar um pouco mais contente por ter nos conhecido e feito tudo isso. É tudo — concluiu Milly, levantando-se com rapidez. — Dirá a ela?

— Naturalmente — respondeu tia Polly, imaginando o quanto daquele discurso peculiar poderia lembrar para contar à sobrinha.

As visitas de John Pendleton e de Milly Snow foram apenas as primeiras de muitas; e sempre havia os mensageiros — trazendo recados tão curiosos que deixavam Miss Polly muito intrigada.

Um dia foi a viúva Benton. Miss Polly a conhecia de vista. Sabia que ela era conhecida como a mulher mais triste da cidade... sempre trajando negro. Naquele dia a viúva trajava um sobrepeliz azul-claro, embora houvesse lágrimas em seus olhos. Falou de sua tristeza e do horror pelo acidente; então indagou se poderia ver Pollyanna.

Miss Polly balançou a cabeça, em uma negativa.

— Sinto, mas ela ainda não vê ninguém. Talvez daqui a algum tempo...

Mrs. Benton enxugou os olhos, ergueu-se e voltou-se para sair. Porém, voltou abruptamente ao chegar à porta do saguão.

— Miss Harrington, talvez pudesse entregar a ela... uma mensagem — hesitou a viúva.

— Certamente, Mrs. Benton. Ficaria feliz em fazer isso.

Ainda assim a pequena mulher hesitou um pouco, depois falou:

— Diga a ela, por favor, que eu passei a usar *isto* — disse ela, tocando a peça azul-clara aos ombros. Perante a surpresa demonstrada por Miss Polly, explicou: — Faz algum tempo que ela vem tentando me fazer usar outra cor... então achei que ela ficaria... contente em saber que comecei a usar. Ela disse que Freddy gostaria de ver, e Freddy é tudo o que eu tenho agora; os outros morreram todos. Basta contar a ela... ela vai entender — concluiu a viúva, partindo em seguida.

Um pouco mais tarde, no mesmo dia, veio outra viúva... pelo menos usava trajes de viúva. Miss Polly não sabia quem ela era e perguntou-se como Pollyanna a teria conhecido. A mulher deu o nome de Mrs. Tarbell.

— Sou uma estranha para a senhora, mas não sou estranha para sua sobrinha Pollyanna — começou a mulher. — Estive hospedada no hotel o verão inteiro, e todos os dias faço uma caminhada, para cultivar a saúde. Foi em um desses passeios que encontrei sua sobrinha... ela é um criança tão adorável! Gostaria de tentar fazer que entendesse o que ela representou para mim. Eu estava muito triste quando vim para cá, e o rosto brilhante e alegre dela lembrou minha própria filha, que perdi alguns anos atrás. Fiquei muito triste ao saber do acidente; e depois quando fiquei sabendo que ela estava infeliz e não podia mais sentir alegria... pobre criança! Eu simplesmente tive de vir.

— A senhora é muito bondosa... — murmurou Miss Polly.

— Não, é a senhora quem é bondosa. Eu... gostaria que transmitisse a ela uma mensagem para mim. Pode fazer isso?

— Certamente.

— Nesse caso, diga a ela, que Mrs. Tarbell agora está contente. Sim, sei que parece estranho, e que pode não entender. Mas... se me desculpar, preferia não explicar — disse a mulher, com linhas de tristeza na expressão. — Sua sobrinha saberá o que quero dizer; e me senti na obrigação de contar a ela. Obrigada, e me desculpe, por favor, por parecer rude em minha visita — finalizou ela.

Embora intrigada, pouco depois Miss Polly se apressava a subir para o quarto da sobrinha.

— Pollyanna, você conhece Mrs. Tarbell?

— Conheço... adoro Mrs. Tarbell. Ela é doente, e é uma pessoa muito triste. Mora no hotel, e faz longos passeios. Caminhamos juntas... ou melhor, caminhávamos juntas — Pollyanna se interrompeu, e duas lágrimas rolaram por seu rosto.

Tia Polly limpou a garganta.

— Bem, ela esteve aqui, minha querida. Deixou um recado... mas não me explicou o significado. Pediu para dizer a você que agora Mrs. Tarbell está contente.

Pollyanna bateu as mãos suavemente, demonstrando seu contentamento.

— Ela disse isso mesmo? Oh, fico tão contente!

— Mas, Pollyanna, o que ela quis dizer com isso?

— Bem, este é o jogo, e... — Pollyanna interrompeu-se, levando o dedo aos lábios.

— Que jogo?

— Não é nada de mais, tia Polly; quer dizer... não posso falar, a menos que eu fale sobre outras coisas... que estou proibida de falar...

Miss Polly queria perguntar para a sobrinha do que se tratava; porém o ar alquebrado estampado no rosto da menina impediu que as palavras fossem pronunciadas.

Não muito tempo após a visita de Mrs. Tarbell veio o esclarecimento. Chegou na forma de uma certa jovem com o rosto anormalmente rosado e o cabelo artificialmente loiro; uma jovem que usava saltos altos e joias baratas; uma jovem que Miss Polly conhecia pela reputação, a qual, ao encontrar na mansão Harrington, deixou-a surpresa e ofendida.

Não ofereceu a mão. Na verdade, assim que entrou no saguão, recuou.

A mulher ergueu-se imediatamente. Os olhos estavam vermelhos, como se ela tivesse chorado muito. Perguntou se poderia ver Pollyanna.

Miss Polly disse que não. Começou a fazer isso de modo seco; mas algo nos olhos suplicantes da mulher fez que ela adotasse a forma educada de dizer que ninguém tinha permissão para ver Pollyanna.

A mulher hesitou; depois falou, um tanto abruptamente. Seu queixo ainda apresentava uma inclinação desafiadora.

— Meu nome é Mrs. Payson... Mrs. Tom Payson. Presumo que já tenha ouvido falar de mim... a maior parte das pessoas decentes da cidade já ouviu... e talvez algumas das coisas que escutou a meu respeito não sejam verdadeiras. Mas não importa. Vim por causa da menina. Ouvi sobre o acidente, e... fiquei desolada. Na semana passada ouvi dizer que ela não poderia andar outra vez, e se pudesse dar a ela as minhas pernas inúteis, fa-lo-ia sem hesitação. Ela faria maior bem andando por aí em uma hora do que eu poderia fazer em cem anos. Mas não importa. Infelizmente, não se pode doar pernas para quem as usa melhor.

Ela fez uma pausa e limpou a garganta; apesar disso, continuou ainda com voz rouca:

— Talvez não saiba, mas tenho visto bastante sua sobrinha. Moramos na estrada de Pendleton Hill, e ela sempre passava ali... Muitas vezes parava para brincar com as crianças e conversar comigo... e meu marido, quando estava em casa. Ela parecia gostar de nós. Acho que não sabia que a sua classe geralmente não convive com minha classe. Talvez se isso acontecesse mais vezes, Miss Harrington, não houvesse tantos da minha classe — acrescentou ela, com certa amargura. — Seja como for, ela vinha, e nos fazia bem... muito bem. O quanto, ela jamais saberá... nem poderia saber.

Miss Polly não disse nada, e a outra continuou:

— Passamos momentos difíceis esse ano, de várias formas. Temos estado tristes e desanimados... meu marido e eu. Prontos para... quase qualquer coisa. Estávamos considerando pedir o divórcio e deixar as crianças... bem, não sabíamos o que fazer com as crianças. Depois veio o acidente e as notícias sobre a menina não poder andar nunca mais. Começamos a pensar em como costumava ela entrar e sentar nos degraus para brincar com as crianças, rir... e simplesmente estar contente. Estava sempre contente com alguma coisa; então, um dia, ela nos contou a razão disso, e falou sobre o jogo. Tentou fazer que nós o praticássemos. Bem, agora ouvimos dizer que ela está desanimada, porque não consegue mais jogar... por não ter nada para ficar contente. E então resolvi vir até aqui hoje, para dizer que ela pode ficar um pouco contente por nós, porque resolvemos tentar continuar juntos, e jogar o jogo nós mesmos. Eu sei que ela ficará contente, porque costumava se sentir mal... com as coisas que dizíamos, às vezes. Exatamente como o jogo vai nos ajudar, não sei dizer ainda, mas posso dizer que iremos tentar... porque ela queria que nós tentássemos. Dirá isso a ela?

— Direi — prometeu Miss Polly, com voz débil. Em um impulso, estendeu a mão para sua visitante: — Obrigada por ter vindo, Mrs. Payson.

O ar desafiador desapareceu, os lábios estremeceram visivelmente, e murmurando algo ininteligível Mrs. Payson segurou a mão estendida, cumprimentou e saiu.

A porta mal havia se fechado quando Miss Polly foi até a cozinha, falar com Nancy.

— Nancy!

A série de visitas intrigantes e desconcertantes nos últimos dias havia culminado na extraordinária experiência daquela tarde, e seus nervos estavam esticados como cordas de violinos. Desde o acidente Nancy não a ouvia falar tão sério.

— Nancy, quer me contar o que é esse "jogo" absurdo que toda a cidade parece conhecer e comentar? Por que todos, desde Milly Snow até Mrs. Tom Payson, mandam dizer que "estão fazendo o jogo"? Metade da cidade está usando roupas azuis, ou interrompendo brigas de família, ou aprendendo a gostar de alguém que não gostavam antes... e tudo por causa de Pollyanna. Tentei perguntar o que é isso para ela mesma, mas ela mostrou certa relutância em dizer, e não quero aborrecê-la por enquanto. Mas pelo que ouvi de você ontem, creio que é uma dessas pessoas que conhecem esse jogo. Pode me dizer do que se trata?

Para surpresa de Miss Polly, Nancy irrompeu em lágrimas.

— Quer dizer que desde junho essa criança abençoada tem feito a cidade inteira contente, e agora eles estão retribuindo, e tentando fazer que ela fique contente também?

— Contente por quê?

— Contente! Este é o jogo.

Miss Polly chegou a bater o pé.

— Lá vai você, falando como todos os outros, Nancy... que jogo é esse?

Nancy ergueu o queixo. Encarou a patroa, olhando-a nos olhos.

— Então vou contar, senhora. É um jogo que o pai de Miss Pollyanna a ensinou a jogar. Uma vez, quando ela queria ganhar uma boneca, veio um par de muletas no barril de doação dos missionários; ela chorou, como qualquer criança faria. Parece que foi aí que o pai dela disse que havia algo pelo qual ela podia se alegrar... sobre ter recebido as muletas.

— Alegre? Por ter recebido muletas? — Miss Polly abafou um soluço... pensando nas pernas imóveis lá no quarto.

— Sim. A senhora teve a mesma reação que eu... e que ela também. Mas ele disse que ela podia ficar contente... por não ter de usar as muletas.

— Oh...

— E depois nasceu o brinquedo de encontrar alguma coisa para ficar contente em tudo. E disse que a gente podia fazer também, porque ela ficou tão feliz por não ter de usar muletas que não se importou tanto por não ter a boneca. E eles o chamaram de "jogo do contente". Este é o jogo, senhora. Ela o joga desde então.

— Bem, como... como... — começou e interrompeu-se Miss Polly.

— E a senhora teria ficado surpresa ao perceber como isso funciona bem — disse Nancy, com quase a mesma fé que a própria Pollyanna. — Gostaria de poder contar o quanto ela fez por minha mãe e pelas pessoas lá em casa. Ela esteve lá, por duas vezes, comigo. Deixou-me contente também, em muitas coisas... coisas pequenas e coisas grandes; tornou tudo tão mais fácil. Por exemplo, não me importo mais com o nome "Nancy" desde que ela me disse que eu devia ficar contente por não ser "Hephzibah". E tem também a segunda-feira de manhã, que eu costumava odiar. Pois ela fez-me apreciar as manhãs de segunda-feira.

— Apreciar as manhãs de segunda-feira?

Nancy riu.

— Sei que parece loucura, senhora, mas deixe-me contar como funciona. Aquela menina adorável descobriu que eu detestava as manhãs de segunda-feira, então um dia me disse: "Bem, Nancy, acho que você devia ficar mais contente nas manhãs de segunda-feira do que nos outros dias, porque vai se passar uma semana inteira sem outra segunda!" E tem funcionado, senhora, isso é que é interessante. Rio sempre que penso nessa ideia. E isso ajuda, sabe? Ajuda, sim.

— Mas, por que... ela não me contou... o jogo? Por que fez tanto mistério sobre isso, quando perguntei?

Nancy hesitou.

— Desculpe-me, senhora, mas não disse a ela que não queria ouvir falar do pai? E o jogo era uma coisa do pai dela...

Miss Polly mordeu o lábio.

— Ela queria contar, no começo — continuou Nancy, pouco à vontade — queria alguém para fazer o jogo com ela, por isso comecei. Para que ela tivesse com quem fazer o jogo.

— E... quanto a esses outros... — quis saber Miss Polly.

— Bem, acho que a maior parte das pessoas que ela encontrava sabe do jogo. Naturalmente contou para muitos, e estes contaram para o resto. Essas coisas se espalham, depois que começam... além disso, ela sorria tanto para todo mundo, e era tão simpática... alegre o tempo todo... não se lhe podia resistir, sabe? Desde que se machucou, as pessoas sentem-se tristes... especialmente quando ficam sabendo que ela está desolada porque não consegue encontrar motivo para ficar contente. Então vêm todos os dias para dizer-lhe o quanto ela as tornou contentes, esperando que isso ajude um pouco. Sabe, Miss Pollyanna sempre quis que todos fizessem o jogo com ela.

— Bem, conheço alguém que vai jogar agora — engasgou Miss Polly, enquanto se virava e saía da cozinha.

Atrás dela, Nancy olhava, atônita.

— Bem, acho que agora acredito em qualquer coisa — murmurou para si mesma. — Podem me contar qualquer coisa que eu acredito.

Um pouco mais tarde, no quarto de Pollyanna, a enfermeira deixava Miss Polly e Pollyanna juntas.

— Você ainda teve mais uma visita hoje, minha querida. Lembra-se de Mrs. Payson? — disse tia Polly, tentando manter a voz firme.

— Mrs. Payson? Oh, claro que me lembro! Ela mora no caminho para a casa de Mr. Pendleton, e tem uma filha de três anos que é a criança mais linda que já vi, e um filho com quase cinco. Ela é muito simpática, e o marido também... só que parecem não saber quanto o outro é bom. Muitas vezes brigam... quero dizer, discordam. São pobres, também, e nunca recebem barris... barris de missionários... porque Mr. Payson não é missionário como...

O rosto de Pollyanna ruborizou-se, e o de Miss Polly também.

— Mas ela usa roupas muito bonitas, às vezes, apesar de serem tão pobres — continuou Pollyanna, um tanto apressada. — Tem anéis muito bonitos com diamantes, rubis e esmeraldas; mas diz que tem um anel a mais, e que vai jogá-lo fora e conseguir o divórcio. O que é divórcio, tia Polly? Acho que não deve ser muito bonito, porque ela não me parece contente quando fala nisso. Diz que se conseguir, não irá mais morar ali, e que Mr. Payson iria se afastar, e talvez as crianças também. Mas acho que eles deviam manter o anel, mesmo que ela tenha muitos outros. Não acha? Tia Polly, o que é um divórcio?

— O importante, minha querida, é que ela veio dizer que não vai "se afastar". Vão ficar juntos os dois — disse tia Polly, evitando a pergunta.

— Que bom! Como estou contente! Então eles estarão lá quando eu... oh, tia Polly! Por que não consigo me lembrar de que minhas pernas não andam mais, e que não vou mais passar por aquele caminho para visitar Mr. Pendleton?

— Não fique assim — pediu a tia. — Quem sabe você não passa por lá de carro qualquer dia? Mas preste atenção, porque não dei todo o recado de Mrs. Payson. Ela me pediu para dizer-lhe... que os dois iam ficar juntos e fazer o jogo, como você queria que eles fizessem.

Pollyanna sorriu através das lágrimas.

— É mesmo? Os dois? Que bom, tia, fico muito contente.

— Ela disse que tinha esperança de que ficasse contente. Por isso veio até aqui, para fazer você contente, Pollyanna.

A menina ergueu os olhos.

— Oh, tia Polly! Falou como quem conhecesse... o jogo...

— Mas eu conheço — respondeu a mulher, forçando alegria na voz. — Nancy me contou. Acho que é um belíssimo jogo. Vou jogar agora... com você.

— Oh, tia Polly... vai jogar? Isso me deixa contente. Sabe, eu sempre quis jogar com a senhora, mais do que com os outros.

Tia Polly inspirou profundamente. Foi ainda mais difícil manter daquela vez a voz firme, mas ela conseguiu.

— Sim, minha querida. E vieram todas aquelas pessoas também. Sabe, Pollyanna, acho que toda a cidade está jogando o jogo com você... até o pastor! Ainda não tive oportunidade de contar, mas hoje de manhã, quando fui à vila, ele me disse que, assim que você estiver em condições de receber alguém, ele vem aqui para dizer que ainda não parou de ficar contente com os oitocentos "textos alegres" que mostrou a ele. Então, minha querida, você conseguiu... toda a cidade está fazendo o jogo, e toda a cidade está maravilhosamente mais feliz. Tudo por causa de uma garotinha que ensinou às pessoas um novo jogo, e como jogar.

Pollyanna bateu palmas.

— Puxa, estou tão contente! — exclamou ela, com uma nova luz iluminando o rosto. — Oh, tia Polly, acho que tem mesmo uma coisa pela qual posso ficar feliz, afinal. Posso ficar contente porque eu não poderia ter feito o que fiz se não tivesse tido pernas!

XXIX. Pela janela aberta

Um a um chegaram os dias mais curtos de inverno, e se foram... mas não pareceram curtos para Pollyanna. Eram longos, e algumas vezes repletos de dor. Resolutamente, Pollyanna fez voltar à sua alma aquela maravilhosa alegria. Ela não estava empenhada em fazer o jogo, agora que tia Polly estava jogando também? E tia Polly encontrava tantas coisas para ficar contente... Foi ela quem descobriu a história sobre as duas crianças abandonadas em uma tempestade de neve, que descobriram uma porta pela qual puderam esgueirar-se para proteção, e ficaram pensando nas pobres pessoas que não tinham portas para se protegerem! Também foi tia Polly que trouxe para casa outra história que escutou sobre a pobre velhinha que possuía apenas dois dentes, mas estava contente porque os dois dentes eram ajustadinhos, um em cima, outro embaixo.

Pollyanna agora, como Mrs. Snow, tricotava belas peças de lã penteada em cores brilhantes, que estendiam seu comprimento alegre sobre o lençol branco, e faziam que Pollyanna, mais uma vez seguindo o exemplo de Mrs. Snow, ficasse contente por poder usar as mãos e os braços.

Agora, Pollyanna recebia visitas ocasionalmente, e sempre havia as mensagens animadoras daqueles a quem não podia receber; sempre lhe traziam algo novo para pensar... e Pollyanna precisava mesmo de coisas novas em que pensar...

Uma vez recebeu John Pendleton, e por duas vezes Jimmy Bean. John Pendleton lhe dissera como Jimmy estava se revelando ser um ótimo menino, e como fazia bem o que se lhe propunha. Jimmy lhe contara que era magnífico o lar que conseguira, e que belo pai Mr. Pendleton estava sendo; e ambos diziam que deviam aquilo a ela.

— O que me torna ainda mais contente, sabe, por eu *ter tido* pernas — confidenciou ela à tia, mais tarde.

O inverno passou e veio a primavera. Os observadores ansiosos das condições de Pollyanna não puderam distinguir muitas mudanças em resposta ao tratamento prescrito. Parecia haver motivos para acreditar que os piores temores do Dr. Mead se realizariam... que Pollyanna jamais andaria outra vez.

A cidade de Beldingsville, naturalmente, mantinha-se informada em relação a Pollyanna. Particularmente um homem se torturava em um frenesi de ansiedade com os boletins diários que de alguma forma vinham até ele diretamente do leito da enferma. À medida que os dias se passavam, entretanto, e as notícias não melhoravam, ao contrário, pioravam, algo mais além de ansiedade começou a aparecer no rosto do homem: desespero e uma determinação resoluta, ambas lutando para chegarem à superfície. No fim, a determinação venceu; e foi então que Mr. John Pendleton, para sua surpresa, recebeu em um sábado pela manhã, uma visita do Dr. Thomas Chilton.

— Pendleton — começou o médico, sem preâmbulos —, vim até você porque melhor do que qualquer outro na cidade conhece minhas relações com Miss Polly Harrington.

John Pendleton sabia do envolvimento entre Polly Harrington e o Dr. Thomas Chilton, embora o assunto não tenha sido mencionado por quinze anos ou mais.

— Sim... — respondeu ele, tentando fazer que sua voz soasse solidária por simpatia, mas não curiosa.

Em um momento ele percebeu que não precisava ter-se preocupado; o médico estava envolvido demais em seu assunto para reparar em como o assunto fora recebido.

— Pendleton, quero ver aquela menina. Quero fazer um exame. *Preciso* fazer.

— Bem... não pode?

— Se não posso? Pendleton, sabe muito bem que não estive naquela casa por mais de quinze anos. Mas você não sabe... vou contar... é que a dona daquela casa me disse que na próxima vez em que ela *pedisse* para que eu entrasse lá, eu saberia que ela pedia meu perdão, e que seria como antes... o que significaria que ela se casaria comigo. Talvez você a possa imaginar me convidando... eu não!

— Mas não poderia ir... sem um convite?

O médico franziu a testa.

— Dificilmente. Também tenho um pouco de orgulho, sabe?

— Mas se está tão ansioso, não pode engolir seu orgulho e esquecer a briga?

— Esquecer a briga? — interrompeu o médico. — Não estou falando desse tipo de orgulho. Da minha parte, iria de joelhos daqui até lá... ou plantando bananeira... se isso adiantasse. Estou falando de orgulho *profissional*. É um caso de doença, e sou médico. Não posso ir até lá, bater à porta e dizer: "Aceitem-me... sou médico".

— Chilton, qual foi a briga, afinal — quis saber Pendleton.

O médico fez um gesto impaciente e levantou-se.

— Qual foi? Qual o motivo das brigas entre namorados... depois que terminam? Uma discussão tola sobre o tamanho de uma sala ou a profundidade de um rio, talvez... Não importa o motivo! Até onde me diz respeito, estou disposto a afirmar que não houve desentendimento algum. Pendleton, estou disposto a ver essa menina. Pode significar vida ou morte. Pode significar... acredito nisso, nove chances em dez de que Pollyanna Whittier ande outra vez!

As palavras foram pronunciadas com clareza, distintamente; e foram ditas exatamente quando quem as pronunciou se aproximava da janela próxima à cadeira de John Pendleton. Ocorreu, assim, que chegassem aos ouvidos de um menino que se ajoelhava próximo a ela, do lado de fora.

Jimmy Bean, em sua tarefa dos sábados pela manhã, retirando os primeiros brotos de ervas daninhas dos canteiros de flores, sentou-se com olhos arregalados e ouvidos atentos.

— Andar! Pollyanna! — repetia John Pendleton. — O que está dizendo, homem?

— Estou dizendo que pelo que ouvi dizer e pelo que sei o caso dela é muito parecido com o que um colega meu ajudou. Por muitos anos ele tem feito um estudo especial desse tipo de caso. Tenho estado em contato com ele, e também estudei o assunto, de certa forma. Pelo que ouvi... mas eu *teria de ver* a menina!

John Pendleton endireitou o corpo em sua cadeira.

— Você precisa vê-la, então, homem! Não poderia fazer isso... por intermédio do Dr. Warren?

O outro balançou a cabeça.

— Receio que não. Warren tem sido bastante decente. Ele mesmo me contou que sugeriu consultar-se comigo a princípio, mas... Miss Harrington disse não com tanta ênfase que ele não ousou pedir outra vez, embora soubesse do meu desejo de ver a menina. Além disso, ultimamente, alguns de seus melhores pacientes têm se passado para mim... então, neste ponto, estou de mãos atadas. Mas, Pendleton, preciso ver aquela menina! Pense no que isso pode significar para ela... se eu conseguir!

— Sim, e pense no que pode significar... se não a vir — respondeu Pendleton.

— Mas... como posso... ter acesso, sem um pedido direto da tia dela? Pedido que não vou conseguir?

— Ela deve pedir-lhe.

— Mas como fazer isso?

— Não sei — respondeu Mr. Pendleton.

— Acho que não mesmo... nem ninguém mais sabe. Ela é severa e orgulhosa demais para pedir... depois do que disse tantos anos atrás... mas quando penso naquela menina, condenada a ficar assim pelo resto da vida... Considero que talvez esteja em minhas mãos uma chance de mudar isso, mas por orgulho e ética profissional... — o Dr. Chilton não terminou a frase.

Enfiou as mãos nos bolsos com força, e começou a andar, irritado, para cima e para baixo da sala.

— Mas e se alguém fizesse que ela enxergasse, que compreendesse o que está em jogo? — sugeriu Pendleton.

— Mas quem faria isso? — indagou o médico.

— Não sei, não sei...

Do lado de fora da janela, Jimmy Bean estremeceu. Até então, mal tinha respirado, com a atenção na conversa no interior da sala.

— Por Deus, eu sei quem! — murmurou ele, exultante. — *Eu* vou fazer isso!

Levantou-se, esgueirou-se ao longo da parede de pedra, dobrou a esquina da casa, e correu a toda velocidade colina abaixo.

XXX. Jimmy entra em cena

— É Jimmy Bean. Ele quer vê-la, senhora — anunciou Nancy, à porta.

— A mim? — respondeu Miss Polly, surpresa. — Tem certeza de que ele não quis visitar Pollyanna? Ele pode vê-la alguns minutos, se quiser.

— Tenho certeza. Eu disse isso a ele. Mas ele diz que deseja falar com a senhora.

— Muito bem, já vou descer — disse Miss Polly, erguendo-se de sua cadeira.

Na sala de estar encontrou um menino de olhos redondos e rosto vermelho, esperando por ela. Começou imediatamente a falar.

— Senhora, suponho que seja rude o que estou fazendo e o que estou dizendo, mas não posso evitar. É por Pollyanna, e eu andaria sobre carvões em brasa por ela, ou enfrentaria a senhora... ou qualquer coisa parecida, na hora em que fosse preciso. Acho que a senhora faria o mesmo também, se achasse que havia uma chance para ela andar outra vez. Por isso vim até aqui, para dizer que é apenas orgulho o que impede Pollyanna de andar. Sei que *pediria* ao Dr. Chilton para vir aqui se compreendesse...

— O quê? — interrompeu Miss Polly, o espanto no rosto dando lugar a uma expressão indignada.

Jimmy suspirou, em desespero.

— Não era minha intenção irritar a senhora. Por isso comecei falando sobre ela caminhar outra vez. Achei que prestaria atenção nisso.

— Jimmy, sobre o que está falando?

Jimmy suspirou outra vez.

— O que estou tentando dizer...

— Bem, então diga. Mas comece desde o início, e certifique-se de que eu entenda cada coisa que diz. Não vá direto ao fim como fez antes... não misture tudo.

Jimmy umedeceu os lábios.

— Bem, para começar, o Dr. Chilton foi visitar Mr. Pendleton, e os dois conversaram na biblioteca. Está entendendo?

— Estou, Jimmy.

— Bem, a janela estava aberta e eu estava aparando o canteiro de flores logo embaixo... e ouvi os dois conversando.

— Jimmy! *Escutando* a conversa dos outros?

— Não era sobre mim... e eu não fiz isso de propósito — defendeu-se Jimmy. — Além disso, fiquei contente por ter escutado. Vai saber quando eu contar... pode ser até que Pollyanna ande outra vez!

— Jimmy, o que está querendo dizer? — fez Miss Polly, inclinando-se na direção dele.

— Bem, acontece que o Dr. Chilton conhece um médico que pode curar Pollyanna, é o que ele acha... — disse Jimmy. — Mas para saber isso com certeza, ele precisa *vê-la*. Ele quer muito vir até aqui, mas disse a Mr. Pendleton que a senhora não deixa.

O rosto de Miss Polly ficou muito vermelho.

— Mas Jimmy... eu não posso... quer dizer, não podia... ou melhor, eu não sabia! — disse ela, torcendo os dedos.

— Eu sei. Foi por isso que vim até aqui. Para que soubesse — explicou o menino. — Eles disseram que por algum motivo... não entendi bem qual, a senhora não deixaria o Dr. Chilton vir, como a senhora declarou ao Dr. Warren. Como o Dr. Chilton não podia vir sem a senhorita chamá-lo, por conta de um tal de orgulho profissional, e éti... éti- alguma coisa. E os dois ficaram desejando que alguém pudesse fazer a senhorita entender. Como eu estava do lado de fora da janela, disse para mim mesmo: "Por que não faz isso?" Então eu vim correndo. Fiz a senhorita entender?

— Sim, Jimmy... mas sobre esse médico... quem é ele? O que faz? Eles *têm certeza* de que podem fazer Pollyanna andar?

— Não sei quem ele é. Não disseram. O Dr. Chilton o conhece, e diz que ele curou alguém que tinha um caso parecido com o dela. De qualquer modo, não parecem estar preocupados com o médico. É com a senhora que estão preocupados, porque não deixa o Dr. Chilton ver Pollyanna. A senhora vai deixar, não vai?

Miss Polly virou a cabeça de um lado para outro. A respiração vinha em sorvos irregulares.

Jimmy a observava ansiosamente, pensando que ela estava a ponto de chorar. Mas não foi o que ela fez. Depois de quase um minuto, voltou-se para ele:

— Vou. Vou deixar... o Dr. Chilton... ver Pollyanna. Pode voltar para casa, Jimmy. Rápido! Preciso falar com o Dr. Warren. Ele está lá em cima agora. Vi quando entrou, alguns minutos atrás.

Um pouco mais tarde o Dr. Warren ficou surpreso ao encontrar Miss Polly, agitada e de rosto vermelho no saguão. Mais surpreso ainda com o que ela lhe disse:

— Dr. Warren, o senhor uma vez me pediu para que permitisse que o Dr. Chilton fosse chamado para opinar... e eu recusei. Mas agora reconsiderei. Gostaria muito que *chamasse* o Dr. Chilton. Poderia falar com ele imediatamente... por favor? Obrigada.

XXXI. Um novo tio

No dia seguinte, o Dr. Warren entrou no quarto no qual Pollyanna estava observando a dança das cores no teto, acompanhado por um homem alto, de ombros largos, que vinha logo atrás dele.

— Dr. Chilton! Oh, Dr. Chilton, como estou contente em ver o senhor! — gritou Pollyanna, com tamanha emoção na voz que mais de um par de olhos produziu lágrimas. — Mas, claro, se a tia Polly não...

— Está tudo bem, minha querida... — garantiu tia Polly, avançando. — Eu disse ao Dr. Chilton que... queria que ele a visse, com o Dr. Warren, hoje de manhã.

— Então pediu que ele viesse — disse Pollyanna.

— Pedi, querida.

A felicidade e a adoração que assomaram aos olhos do Dr. Chilton eram inegáveis. Miss Polly as percebeu. Com o rosto em fogo, voltou-se e saiu do quarto.

À janela, a enfermeira e o Dr. Warren conversavam. O Dr. Chilton estendeu as duas mãos para Pollyanna.

— Menina, estou pensando que entre todos os assuntos que já ajudou na vida, este foi um dos que mais produziram contentamento — disse ele, a voz embargada de emoção.

Ao crepúsculo, uma tia Polly trêmula de contentamento aproximou-se da cama de Pollyanna. A enfermeira estava jantando. As duas estavam sozinhas no quarto.

— Pollyanna, minha querida... será a primeira de todos a saber. Algum dia, vou trazer o Dr. Chilton como seu... tio. E foi você quem fez tudo para isso acontecer. Pollyanna, estou tão... feliz. Tão contente!

Pollyanna começou a bater palmas, mas assim que começou, interrompeu-se e olhou para a tia.

— Tia Polly... então era a senhora... o coração e as mãos de mulher que ele queria há tanto tempo? Era... sei que era! E foi isso que ele quis dizer quando falou do contentamento hoje. Puxa, estou tão contente! Tia Polly, estou tão contente que nem me importo mais com minhas pernas...

Miss Polly controlou um soluço.

— Talvez algum dia, minha querida...

E não terminou a frase. Ainda não queria falar sobre o assunto, mas o Dr. Chilton lhe dera grandes esperanças de recuperação. O que dissera já se traduzia em uma afirmação maravilhosa. Entretanto, acrescentou palavras cheias de esperança:

— Pollyanna, na semana que vem vai fazer uma viagem. Irá em uma cama confortável, que será carregada na carroça até um grande médico que possui uma clínica a muitas milhas, e que foi feita exatamente para pessoas com o seu problema. Ele é um grande amigo do Dr. Chilton, e vamos ver o que pode fazer por você.

XXXII. Uma carta de Pollyanna

Querida tia Polly e tio Tom, Posso... posso *andar*! Hoje eu consegui andar desde minha cama até a janela! Foram seis passos. Oh, como é bom estar sobre as pernas outra vez!

Todos os médicos estavam em volta e sorriam, bem como as enfermeiras que estavam ao lado, e choraram... Uma moça na enfermaria ao lado, que andou na semana passada veio ver, e uma outra que espera andar no mês que vem foi convidada para nossa festa... e estava na cadeira de rodas, aplaudindo. Até mesmo Black Tilly, que lava o chão, me viu pela janela, da praça... e me chamou de princesa... assim que conseguiu parar de chorar e falar alguma coisa.

Não sei por que choraram. Eu tinha vontade de cantar e gritar bem alto! Pense só... posso andar. *Andar*! Que maravilha. Agora não me importo em ficar aqui por quase dez meses... nem perdi o casamento por causa disso. Oh, tia Polly, vir até aqui e casar-se ao lado da minha cama, para eu poder assistir... A senhora sempre pensa nas coisas que me deixam mais contente.

Em pouco tempo, eles dizem, vou poder ir para casa. Gostaria de poder caminhar até aí. Gostaria mesmo. Caminhar é muito bom, deixa-me contente! Estou tão contente! Contente por tudo. Estou até contente por ter ficado sem as pernas por um tempo, porque nunca... nunca sabemos como nossas pernas são maravilhosas, até que as perdemos.

Amanhã vou andar oito passos.

Montões de amor para todos.

                                              Pollyanna.

© *Copyright* desta tradução: Editora Martin Claret Ltda., 2007.
Título original: *Pollyanna* (1913).

DIREÇÃO
Martin Claret

PRODUÇÃO EDITORIAL
Carolina Marani Lima / Mayara Zucheli

DIREÇÃO DE ARTE
José Duarte T. de Castro

CAPA
Eduardo Hy Mussi

DIAGRAMAÇÃO
Giovana Quadrotti

REVISÃO
Waldir Moraes

IMPRESSÃO E ACABAMENTO
Ipsis Gráfica e Editora

Este livro segue o novo Acordo Ortográfico da Língua Portuguesa.

Dados Internacionais de Catalogação na Publicação (CIP)
(Câmara Brasileira do Livro, SP, Brasil)

Porter, Eleanor H., 1868-1920.
  Pollyanna / Eleanor H. Porter; tradução Luiz Fernando
Martins. — São Paulo: Martin Claret, 2022.

Título original: *Pollyanna*
I. Literatura infantojuvenil   I. Título

ISBN 978-65-5910-211-2

22-118098   CDD-028.5

Índices para catálogo sistemático:

1. Literatura infantil   028.5
2. Literatura infantojuvenil   028.5
Cibele Maria Dias – Bibliotecária – CRB-8/9427

EDITORA MARTIN CLARET LTDA.
Rua Alegrete, 62 – Bairro Sumaré – CEP: 01254-010 – São Paulo, SP
Tel.: (11) 3672-8144 – www.martinclaret.com.br
Impresso – 2022